Cyrano
de Bergerac

# L'Autre Monde
## ou les états
## et empires
## de la Lune

La Lune était en son plein, le ciel était découvert, et neuf heures du soir étaient sonnées lorsque nous revenions d'une maison proche de Paris, quatre de mes amis et moi. Les diverses pensées que nous donna la vue de cette boule de safran nous défrayèrent sur le chemin. Les yeux noyés dans ce grand astre, tantôt l'un le prenait pour une lucarne du ciel par où l'on entrevoyait la gloire des bienheureux ; tantôt l'autre protestait que c'était la platine où Diane dresse les rabats d'Apollon ; tantôt un autre s'écriait que ce pourrait bien être le soleil lui-même, qui s'étant au soir dépouillé de ses rayons regardait par un trou ce qu'on faisait au monde quand il n'y était plus.

« Et moi, dis-je, qui souhaite mêler mes enthousiasmes aux vôtres, je crois sans m'amuser aux imaginations pointues dont vous chatouillez le temps pour le faire marcher plus vite, que la Lune est un monde comme celui-ci, à qui le nôtre sert de lune. »

La compagnie me régala d'un grand éclat de rire.

« Ainsi peut-être, leur dis-je, se moque-t-on maintenant dans la Lune, de quelque autre, qui soutient que ce globe-ci est un monde. » Mais j'eus beau leur alléguer que Pythagore, Épicure, Démocrite et, de notre âge, Copernic et Kepler, avaient été de cette opinion, je ne les obligeai qu'à s'égosiller de plus belle.

Cette pensée, dont la hardiesse biaisait en mon humeur, affermie par la contradiction, se plongea si profondément chez moi que, pendant tout le reste du chemin, je demeurai gros de mille définitions de Lune, dont je ne pouvais accoucher ; et à force d'appuyer cette créance burlesque par des raisonnements sérieux, je me le persuadai aussi, mais, écoute, lecteur, le miracle ou l'accident dont la Providence ou la fortune se servirent pour me le confirmer.

J'étais de retour à mon logis et, pour me délasser de la promenade, j'étais à peine entré dans ma chambre quand sur ma table je trouvai un livre ouvert que je n'y avais point mis. C'était les œuvres de Cardan ; et quoique je n'eusse pas dessein d'y lire, je tombai de la vue, comme par force, justement dans une histoire que raconte ce philosophe : il écrit qu'étudiant un soir à la chandelle, il aperçut entrer, à travers les portes fermées de sa chambre, deux grands vieillards, lesquels, après beaucoup d'interrogations qu'il leur fit, répondirent qu'ils étaient habitants de la Lune, et cela dit, ils disparurent.

Je demeurai si surpris, tant de voir un livre qui s'était apporté là tout seul, que du temps et de la feuille où il s'était rencontré ouvert, que je pris toute cette enchaînure d'incidents pour une inspiration de Dieu qui me poussait à faire connaître aux hommes que la Lune est un monde.

« Quoi ! disais-je en moi-même, après avoir tout aujourd'hui parlé d'une chose, un livre qui peut-être est le seul au monde où cette matière se traite voler de ma bibliothèque sur ma table, devenir capable de raison, pour s'ouvrir justement à l'endroit d'une aventure si merveilleuse et fournir ensuite à ma fantaisie les réflexions et à ma volonté les desseins que je fais !

… Sans doute, continuais-je, les deux vieillards qui apparurent à ce grand homme sont ceux-là mêmes qui ont dérangé mon livre, et qui l'ont ouvert sur cette page, pour s'épargner la peine de me faire cette harangue qu'ils ont faite à Cardan.

« Mais, ajoutais-je, je ne saurais m'éclaircir de ce doute, si je ne monte jusque-là ?

– Et pourquoi non ? me répondais-je aussitôt.

Prométhée fut bien autrefois au ciel dérober du feu. À ces boutades de fièvres chaudes, succéda l'espérance de faire réussir un si beau voyage. Je m'enfermai, pour en venir à bout, dans une maison de campagne assez écartée, ou après avoir flatté mes rêveries de quelques moyens capables de m'y porter, voici comme je me donnai au ciel.

Je m'étais attaché autour de moi quantité de fioles pleines de rosée, et la chaleur du soleil qui les attirait m'éleva si haut, qu'à la fin je me trouvai au-dessus des plus hautes nuées. Mais comme cette attraction me faisait monter avec trop de rapidité, et qu'au lieu de m'approcher de la Lune, comme je prétendais, elle me paraissait plus éloignée qu'à mon partement, je cassai plusieurs de mes fioles, jusqu'à ce que je sentis que ma pesanteur surmontait l'attraction et que je descendais vers la Terre.

Mon opinion ne fut point fausse, car j'y retombai quelque temps après, et à compter l'heure que j'en étais parti, il devait être minuit. Cependant je reconnus que le soleil était alors au plus haut de l'horizon, et qu'il était midi. Je vous laisse à penser combien je fus étonné : certes je le fus de si bonne sorte que, ne sachant à quoi attribuer ce miracle, j'eus l'insolence de m'imaginer qu'en faveur de ma hardiesse, Dieu avait encore une fois recloué le soleil aux cieux, afin d'éclairer une si généreuse entreprise.

Ce qui accrut mon ébahissement, ce fut de ne point connaître le pays où j'étais, vu qu'il me semblait qu'étant monté droit, je devais être descendu au même lieu d'où j'étais parti. Équipé comme j'étais, je m'acheminai vers une chaumière, où j'aperçus de la fumée ; et j'en étais à peine à une portée de pistolet, que je me vis entouré d'un grand nombre de sauvages. Ils parurent fort surpris de ma rencontre ; car j'étais le premier, à ce que je pense, qu'ils eussent jamais vu habillé de bouteilles. Et pour renverser encore toutes les interprétations qu'ils auraient pu donner à cet équipage, ils voyaient qu'en marchant je ne touchais presque point à la Terre : aussi ne savaient-ils pas qu'au premier branle que je donnais à mon corps, l'ardeur des rayons de midi me soulevait avec ma rosée, et sans que mes fioles ne fussent plus en assez grand nombre, j'eusse été, possible, à leur vue enlevé dans les airs.

Je les voulus aborder ; mais comme si la frayeur les eût changés en oiseaux, un moment les vit perdre dans la forêt prochaine. J'en attrapai toutefois un, dont les jambes sans doute avaient trahi le cœur. Je lui demandai avec bien de la peine (car j'étais essoufflé), combien on comptait de là à Paris, depuis quand en France le monde allait tout nu, et pourquoi ils me fuyaient avec tant d'épouvante. Cet homme à qui je parlais était un vieillard olivâtre, qui d'abord se jeta à mes genoux ; et joignant les mains en haut derrière la tête, ouvrit la bouche et ferma les yeux. Il marmotta longtemps, mais je ne discernai point qu'il articulât rien ; de façon que je pris son langage pour le gazouillement enroué d'un muet.

À quelque temps de là, je vis arriver une compagnie de soldats tambour battant, et j'en remarquai deux se séparer du gros pour me reconnaître. Quand ils furent assez proches pour être entendus, je leur demandai où j'étais.

« Vous êtes en France, me répondirent-ils ; mais qui diable vous a mis dans cet état ? et d'où vient que nous ne vous connaissons point ? Est-ce que les vaisseaux sont arrivés ? En allez-vous donner avis à M. le Gouverneur ? Et pourquoi avez-vous divisé votre eau-de-vie en tant de bouteilles ?" À tout cela, je leur repartis que le diable ne m'avait point mis en cet état ; qu'ils ne me connaissaient pas, à cause qu'ils ne pouvaient pas connaître tous les hommes ; que je ne savais point que la Seine portât des navires ; que je n'avais point d'avis à donner à M. de Montbazon ; et que je n'étais point chargé d'eau-de-vie.

« Ho, ho, me dirent-ils, me prenant par le bras, vous faites le gaillard ? M. le Gouverneur vous connaîtra bien, lui !" Ils me menèrent vers leur gros, me disant ces paroles, et j'appris d'eux que j'étais en France et n'étais point en Europe, car j'étais en la Nouvelle France. Je fus présenté à M. de Montmagny, qui en est le vice-roi. Il me demanda mon pays, mon nom et ma qualité ; et après que je l'eus satisfait, en lui racontant l'agréable succès de mon voyage, soit qu'il le crût, soit qu'il feignît de le croire, il eut la bonté de me faire donner une chambre dans son appartement. Mon bonheur fut grand de rencontrer un homme capable de hautes opinions, et qui ne s'étonna point quand je lui dis qu'il fallait que la Terre eût tourné pendant mon élévation ; puisque ayant commencé de monter à deux lieues de Paris, j'étais tombé par une ligne quasi perpendiculaire en Canada.

Le soir, comme je m'allais coucher, je le vis entrer dans ma chambre :

« Je ne serais pas venu, me dit-il, interrompre votre repos, si je n'avais cru qu'une personne qui a pu faire neuf cents lieues en demi-journée les a pu faire sans se lasser. Mais vous ne savez pas, ajouta-t-il, la plaisante querelle que je viens d'avoir pour vous avec nos pères jésuites ? Ils veulent absolument que vous soyez magicien ; et la plus grande grâce que vous puissiez obtenir d'eux, c'est de ne passer que pour imposteur. Et en vérité, ce mouvement que vous attribuez à la Terre n'est-ce point un beau paradoxe ; ce qui fait que je ne suis pas bien fort de votre opinion, c'est qu'encore qu'hier vous fussiez parti de Paris, vous pouvez être arrivé aujourd'hui en cette contrée, sans que la Terre ait tourné ; car le soleil vous ayant enlevé par le moyen de vos bouteilles, ne doit-il pas vous avoir amené ici, puisque, selon Ptolémée, Tyco-Brahé, et les philosophes modernes, il chemine du biais que vous faites marcher la Terre ? Et puis quelles grandes vraisemblances avez-vous pour vous figurer que le soleil soit immobile, quand nous le voyons marcher ? et que la Terre tourne autour de son centre avec tant de rapidité, quand nous la sentons ferme dessous nous ?

— Monsieur, lui répliquai-je, voici les raisons qui nous obligent à le préjuger. Premièrement, il est du sens commun de croire que le soleil a pris place au centre de l'univers, puisque tous les corps qui sont dans la nature ont besoin de ce feu radical qui habite au cœur du royaume pour être en état de satisfaire promptement à leurs nécessités et que la cause des générations soit placée également entre les corps, où elle agit, de même que la sage nature a placé les parties génitales dans l'homme, les pépins dans le centre des pommes, les noyaux au milieu de leur fruit ; et de même que l'oignon conserve à l'abri de cent écorces qui l'environnent le précieux germe où dix millions d'autres ont à puiser leur essence. Car cette pomme est un petit univers à soi-même, dont le pépin plus chaud que les autres parties est le soleil, qui répand autour de soi la chaleur, conservatrice de son globe ; et ce germe, dans cet oignon, est le petit soleil de ce petit monde qui réchauffe et nourrit le sel végétatif de cette masse.

Cela donc supposé, je vis que la Terre ayant besoin de la lumière, de la chaleur, et de l'influence de ce grand feu, elle se tourne autour de lui pour recevoir également en toutes ses parties cette vertu qui la conserve. Car il serait aussi ridicule de croire que ce grand corps lumineux tournât autour d'un point dont il n'a que faire, que de s'imaginer quand nous voyons une alouette rôtie, qu'on a, pour la cuire, tourné la cheminée à l'entour. Autrement si c'était au soleil à faire cette corvée, il semblerait que la médecine eût besoin du malade ; que le fort dût plier sous le faible, le grand servir au petit ; et qu'au lieu qu'un vaisseau cingle le long des côtes d'une province, on dût faire promener la province autour du vaisseau.

Que si vous avez de la peine à comprendre comme une masse si lourde se peut mouvoir, dites-moi, je vous prie, les astres et les cieux que vous faites si solides, sont-ils plus légers ? Encore nous, qui sommes assurés de la rondeur de la Terre, il nous est aisé de conclure son mouvement par sa figure. Mais pourquoi supposer le ciel rond, puisque vous ne le sauriez savoir, et que de toutes les figures, s'il n'a pas celle-ci, il est certain qu'il ne se peut pas mouvoir ? Je ne vous reproche point vos excentriques, vos concentriques ni vos épicycles ; tous lesquels vous ne sauriez expliquer que très confusément, et dont je sauve mon système. Parlons seulement des causes naturelles de ce mouvement.

Vous êtes contraints vous autres de recourir aux intelligences qui remuent et gouvernent vos globes.

Mais moi, sans interrompre le repos du Souverain Être, qui sans doute a créé la nature toute parfaite, et de la sagesse duquel il est de l'avoir achevée, de telle sorte que, l'ayant accomplie pour une chose, il ne l'ait pas rendue défectueuse pour une autre ; moi, dis-je, je trouve dans la Terre les vertus qui la font mouvoir. Je dis donc que les rayons du soleil, avec ses influences, venant à frapper dessus par leur circulation, la font tourner comme nous faisons tourner un globe en le frappant de la main ; ou que les fumées qui s'évaporent continuellement de son sein du côté que le soleil la regarde, répercutées par le froid de la moyenne région, rejaillissent dessus, et de nécessité ne la pouvant frapper que de biais, la font ainsi pirouetter.

L'explication des deux autres mouvements est encore moins embrouillée, considérez, je vous prie… À ces mots, M. de Montmagny m'interrompit et :

J'aime mieux, dit-il, vous dispenser de cette peine ; aussi bien ai-je lu sur ce sujet quelques livres de Gassendi, à la charge que vous écouterez ce que me répondit un jour l'un de nos Pères qui soutenait votre opinion :

« En effet, disait-il, je m'imagine que la Terre tourne, non point pour les raisons qu'allègue Copernic, mais pour ce que le feu d'enfer, ainsi que nous apprend la Sainte Écriture, étant enclos au centre de la Terre, les damnés qui veulent fuir l'ardeur de la flamme, gravissent pour s'en éloigner contre la voûte, et font ainsi tourner la Terre, comme un chien fait tourner une roue, lorsqu'il court enfermé dedans. » Nous louâmes quelque temps le zèle du bon Père ; et son panégyrique étant achevé, M. de Montmagny me dit qu'il s'étonnait fort, vu que le système de Ptolémée était si peu probable, qu'il eût été si généralement reçu.

« Monsieur, lui répondis-je, la plupart des hommes, qui ne jugent que par les sens, se sont laissé persuader à leurs yeux ; et de même que celui dont le vaisseau navigue terre à terre croit demeurer immobile, et que le rivage chemine, ainsi les hommes tournant avec la Terre autour du ciel, ont cru que c'était le ciel lui-même qui tournait autour d'eux. Ajoutez à cela l'orgueil insupportable des humains, qui leur persuade que la nature n'a été faite que pour eux ; comme s'il était vraisemblable que le soleil, un grand corps, quatre cent trente-quatre fois plus vaste que la terre, n'eût été allumé que pour mûrir ses nèfles, et pommer ses choux.

Quant à moi, bien loin de consentir à l'insolence de ces brutaux, je crois que les planètes sont des mondes autour du soleil, et que les étoiles fixes sont aussi des soleils qui ont des planètes autour d'eux, c'est-à-dire des mondes que nous ne voyons pas d'ici à cause de leur petitesse, et parce que leur lumière empruntée ne saurait venir jusqu'à nous.

Car comment, en bonne foi, s'imaginer que ces globes si spacieux ne soient que de grandes campagnes désertes, et que le nôtre, à cause que nous y rampons, une douzaine de glorieux coquins, ait été bâti pour commander à tous ? Quoi ! parce que le soleil compasse nos jours et nos années, est-ce à dire pour cela qu'il n'ait été construit qu'afin que nous ne cognions pas de la tête contre les murs ?

Non, non, si ce Dieu visible éclaire l'homme, c'est par accident, comme le flambeau du roi éclaire par accident au crocheteur qui passe par la rue.

– Mais, me dit-il, si comme vous assurez, les étoiles fixes sont autant de soleils, on pourrait conclure de là que le monde serait infini, puisqu'il est vraisemblable que les peuples de ces mondes qui sont autour d'une étoile fixe que vous prenez pour un soleil découvrent encore au-dessus d'eux d'autres étoiles fixes que nous ne saurions apercevoir d'ici, et qu'il en va éternellement de cette sorte.

– N'en doutez point, lui répliquai-je ; comme Dieu a pu faire l'âme immortelle, il a pu faire le monde infini, s'il est vrai que l'éternité n'est rien autre chose qu'une durée sans bornes, et l'infini une étendue sans limites. Et puis Dieu serait fini lui-même, supposé que le monde ne fût pas infini, puisqu'il ne pourrait pas être où il n'y aurait rien, et qu'il ne pourrait accroître la grandeur du monde, qu'il n'ajoutât quelque chose à sa propre étendue, commençant d'être où il n'était pas auparavant. Il faut donc croire que comme nous voyons d'ici Saturne et Jupiter, si nous étions dans l'un ou dans l'autre, nous découvririons beaucoup de mondes que nous n'apercevons pas d'ici, et que l'univers est éternellement construit de cette sorte.

– Ma foi ! me répliqua-t-il, vous avez beau dire, je ne saurais du tout comprendre cet infini.

– Eh ! dites-moi, lui dis-je, comprenez-vous mieux le rien qui est au-delà ? Point du tout.

Quand vous songez à ce néant, vous vous l'imaginez tout au moins comme du vent, comme de l'air, et cela est quelque chose ; mais l'infini, si vous ne le comprenez en général, vous le concevez au moins par parties, car il n'est pas difficile de se figurer de la Terre, du feu, de l'eau, de l'air, des astres, des cieux. Or, l'infini n'est rien qu'une tissure sans bornes de tout cela. Que si vous me demandez de quelle façon ces mondes ont été faits, vu que la Sainte Écriture parle seulement d'un que Dieu créa, je réponds qu'elle ne parle que du nôtre à cause qu'il est le seul que Dieu ait voulu prendre la peine de faire de sa propre main, mais tous les autres qu'on voit ou qu'on ne voit pas, suspendus parmi l'azur de l'univers, ne sont rien que l'écume des soleils qui se purgent. Car comment ces grands feux pourraient-ils subsister, s'ils n'étaient attachés à quelque matière qui les nourrit ?

Or comme le feu pousse loin de chez soi la cendre dont il est étouffé ; de même que l'or dans le creuset, se détache en s'affinant du marcassite qui affaiblit son carat, et de même que notre cœur se dégage par le vomissement des humeurs indigestes qui l'attaquent ; ainsi le soleil dégorge tous les jours et se purge des restes de la matière qui nourrit son feu. Mais lorsqu'il aura tout à fait consommé cette matière qui l'entretient, vous ne devez point douter qu'il ne se répande de tous côtés pour chercher une autre pâture, et qu'il ne s'attache à tous les mondes qu'il aura construits autrefois, à ceux particulièrement qu'il rencontrera les plus proches ; alors ce grand feu, rebrouillant tous les corps, les rechassera pêle-mêle de toutes parts comme auparavant, et s'étant peu à peu purifié, il commencera de servir de soleil à ces petits mondes qu'il engendrera en les poussant hors de sa sphère.

C'est ce qui a fait sans doute prédire aux pythagoriciens l'embrasement universel.

Ceci n'est pas une imagination ridicule ; la Nouvelle-France, où nous sommes, en produit un exemple bien convaincant. Ce vaste continent de l'Amérique est une moitié de la Terre, laquelle en dépit de nos prédécesseurs qui avaient mille fois cinglé l'Océan, n'avait point encore été découverte ; aussi n'y était-elle pas encore non plus que beaucoup d'îles, de péninsules, et de montagnes, qui se sont soulevées sur notre globe, quand les rouillures du soleil qui se nettoie ont été poussées assez loin, et condensées en pelotons assez pesants pour être attirées par le centre de notre monde, possible peu à peu en particules menues, peut-être aussi tout à coup en une masse. Cela n'est pas si déraisonnable, que saint Augustin n'y eût applaudi, si la découverte de ce pays eût été faite de son âge ; puisque ce grand personnage, dont le génie était éclairé du Saint-Esprit, assure que de son temps la Terre était plate comme un four, et qu'elle nageait sur l'eau comme la moitié d'une orange coupée. Mais si j'ai jamais l'honneur de vous voir en France, je vous ferai observer par le moyen d'une lunette fort excellente que j'ai que certaines obscurités qui d'ici paraissent des taches sont des mondes qui se construisent. » Mes yeux qui se fermaient en achevant ce discours obligèrent M. de Montmagny à me souhaiter le bonsoir. Nous eûmes, le lendemain et les jours suivants, des entretiens de pareille nature. Mais comme quelque temps après l'embarras des affaires de la province accrocha notre philosophie, je retombai de plus belle au dessein de monter à la Lune.

Je m'en allais dès qu'elle était levée, [rêvant] parmi les bois, à la conduite et au réussit de mon entreprise. Enfin, un jour, la veille de Saint-Jean, qu'on tenait conseil dans le fort pour déterminer si on donnerait secours aux sauvages du pays contre les Iroquois, je m'en fus tout seul derrière notre habitation au coupeau d'une petite montagne, où voici ce que j'exécutai :

Avec une machine que je construisis et que je m'imaginais être capable de m'élever autant que je voudrais, je me précipitai en l'air du faîte d'une roche. Mais parce que je n'avais pas bien pris mes mesures, je culbutai rudement dans la vallée.

Tout froissé que j'étais, je m'en retournai dans ma chambre sans pourtant me décourager. Je pris de la moelle de bœuf, dont je m'oignis tout le corps, car il était meurtri depuis la tête jusqu'aux pieds ; et après m'être fortifié le cœur d'une bouteille d'essence cordiale, je m'en retournai chercher ma machine. Mais je ne la retrouvai point, car certains soldats, qu'on avait envoyés dans la forêt couper du bois pour faire l'échafaudage du feu de la Saint-Jean qu'on devait allumer le soir, l'ayant rencontrée par hasard, l'avaient apportée au fort. Après plusieurs explications de ce que ce pouvait être, quand on eut découvert l'invention du ressort, quelques-uns avaient dit qu'il fallait attacher autour quantité de fusées volantes, pour ce que, leur rapidité l'ayant enlevée bien haut, et le ressort agitant ses grandes ailes, il n'y aurait personne qui ne prît cette machine pour un dragon de feu. Je la cherchai longtemps, mais enfin je la trouvai au milieu de la place de Québec, comme on y mettait le feu. La douleur de rencontrer l'ouvrage de mes mains en un si grand péril me transporta tellement que je courus saisir le bras du soldat qui allumait le feu. Je lui arrachai sa mèche, et me jetai tout furieux dans ma machine pour briser l'artifice dont elle était environnée ; mais j'arrivai trop tard, car à peine y eus-je les deux pieds que me voilà enlevé dans la nue.

L'épouvantable horreur dont je fus consterné ne renversa point tellement les facultés de mon âme, que je ne me sois souvenu depuis de tout ce qui m'arriva dans cet instant. Vous saurez donc que la flamme ayant dévoré un rang de fusées (car on les avait disposées six à six, par le moyen d'une amorce qui bordait chaque demi-douzaine) un autre étage s'embrasait, puis un autre, en sorte que le salpêtre embrasé éloignait le péril en le croissant. La matière toutefois étant usée fit que l'artifice manqua ; et lorsque je ne songeais plus qu'à laisser ma tête sur celle de quelque montagne, je sentis (sans que je remuasse aucunement) mon élévation continuer, et ma machine prenant congé de moi, je la vis retomber vers la Terre.

Cette aventure extraordinaire me gonfla d'une joie si peu commune que, ravi de me voir délivré d'un danger assuré, j'eus l'impudence de philosopher dessus. Comme donc je cherchais des yeux et de la pensée ce qui pouvait être la cause de ce miracle, j'aperçus ma chair boursouflée, et grasse encore de la moelle dont je m'étais enduit pour les meurtrissures de mon trébuchement ; je connus qu'étant alors en décours, et la Lune pendant ce quartier ayant accoutumé de sucer la moelle des animaux, elle buvait celle dont je m'étais enduit avec d'autant plus de force que son globe était plus proche de moi, et que l'interposition des nuées n'en affaiblissait point la vigueur.

Quand j'eus percé, selon le calcul que j'ai fait depuis, beaucoup plus des trois quarts du chemin qui sépare la Terre d'avec la Lune, je me vis tout d'un coup choir les pieds en haut, sans avoir culbuté en aucune façon. Encore ne m'en fus-je pas aperçu, si je n'eusse senti ma tête chargée du poids de mon corps. Je connus bien à la vérité que je ne retombais pas vers notre monde ; car encore que je me trouvasse entre deux lunes, et que je remarquasse fort bien que je m'éloignais de l'une à mesure que je m'approchais de l'autre, j'étais très assuré que la plus grande était notre Terre ; pour ce qu'au bout d'un jour ou deux de voyage, les réfractions éloignées du soleil venant à confondre la diversité des corps et des climats, il ne m'avait plus paru que comme une grande plaque d'or ainsi que l'autre ; cela me fit imaginer que j'abaissais vers la Lune, et je me confirmai dans cette opinion, quand je vins à me souvenir que je n'avais commencé de choir qu'après les trois quarts du chemin. « Car, disais-je en moi-même ; cette masse étant moindre que la nôtre, il faut que la sphère de son activité soit aussi moins étendue, et que, par conséquent, j'aie senti plus tard la force de son centre. » Après avoir été fort longtemps à tomber, à ce que je préjuge (car la violence du précipice doit m'avoir empêché de le remarquer), le plus loin dont je me souviens est que je me trouvai sous un arbre embarrassé avec trois ou quatre branches assez grosses que j'avais éclatées par ma chute, et le visage mouillé d'une pomme qui s'était écachée contre.

Par bonheur, ce lieu-là était, comme vous le saurez bientôt, le Paradis terrestre, et l'arbre sur lequel je tombai se trouva justement l'Arbre de Vie. Ainsi vous pouvez bien juger que sans ce miraculeux hasard, j'étais mille fois mort. J'ai souvent depuis fait réflexion sur ce que le vulgaire assure qu'en se précipitant d'un lieu fort haut, on est étouffé auparavant de toucher la Terre ; et j'ai conclu de mon aventure qu'il en avait menti ou bien qu'il fallait que le jus énergique de ce fruit qui m'avait coulé dans la bouche eût rappelé mon âme qui n'était pas loin dans mon cadavre encore tout tiède et encore disposé aux fonctions de la vie.

En effet, sitôt que je fus à terre ma douleur s'en alla auparavant même de se peindre en ma mémoire ; et la faim, dont pendant mon voyage j'avais été beaucoup travaillé, ne me fit trouver en sa place qu'un léger souvenir de l'avoir perdue.

À peine, quand je fus relevé, eus-je remarqué les bords de la plus large de quatre grandes rivières qui forment un lac en la bouchant, que l'esprit ou l'âme invisible des simples qui s'exhalent sur cette contrée me vint réjouir l'odorat ; les petits cailloux n'étaient raboteux ni durs qu'à la vue : ils avaient soin de s'amollir quand un marchait dessus.

Je rencontrai d'abord une étoile de cinq avenues, dont les chênes qui la composent semblaient par leur excessive hauteur porter au ciel un parterre de haute futaie. En promenant mes yeux de la racine jusqu'au sommet, puis les précipitant du faîte jusqu'au pied, je doutais si la Terre les portait, ou si eux-mêmes ne portaient point la Terre pendue à leur racine, on dirait que leur front superbement élevé pliait comme par force sous la pesanteur des globes célestes dont ils ne soutiennent la charge qu'en gémissant ; leurs bras étendus vers le ciel semblent en l'embrassant demander aux astres la bénignité toute pure de leurs influences, et la recevoir, auparavant qu'elles aient rien perdu de leur innocence, au lit des éléments.

Là, de tous côtés, les fleurs, sans avoir eu d'autres jardiniers que la nature, respirent une haleine sauvage, qui réveille et satisfait l'odorat ; là l'incarnat d'une rose sur l'églantier, et l'azur éclatant d'une violette sous des ronces, ne laissant point de liberté pour le choix, vous font juger qu'elles sont toutes deux plus belles l'une que l'autre ; là le printemps compose toutes les saisons ; là ne germe point de plante vénéneuse que sa naissance ne trahisse sa conservation ; là les ruisseaux racontent leurs voyages aux cailloux ; là mille petites voix emplumées font retentir la forêt au bruit de leurs chansons ; et la trémoussante assemblée de ces gosiers mélodieux est si générale qu'il semble que chaque feuille dans le bois ait pris la langue et la figure d'un rossignol ; écho prend tant de plaisir à leurs airs qu'on dirait à les lui entendre répéter qu'elle ait envie de les apprendre. À côté de ce bois se voient deux prairies, dont le vert gai continu fait une émeraude à perte de vue. Le mélange confus des peintures que le printemps attache à cent petites fleurs égare les nuances l'une dans l'autre et ces fleurs agitées semblent courir après elles-mêmes pour échapper aux caresses du vent.

On prendrait cette prairie pour un océan, mais parce que c'est une mer qui n'offre point de rivage, mon œil, épouvanté d'avoir couru si loin sans découvrir le bord, y envoyait vitement ma pensée ; et ma pensée doutant que ce fût la fin du monde, se voulait persuader que des lieux si charmants avaient peut-être forcé le ciel de se joindre à la Terre. Au milieu d'un tapis si vaste et si parfait, court à bouillons d'argent une fontaine rustique qui couronne ses bords d'un gazon émaillé de pâquerettes, de bassinets, de violettes, et ces fleurs qui se pressent tout à l'entour font croire qu'elles se pressent à qui se mirera la première ; elle est encore au berceau, car elle ne fait que de naître, et sa face jeune et polie ne montre pas seulement une ride.

Les grands cercles qu'elle promène, en revenant mille fois sur soi-même, montrent que c'est bien à regret qu'elle sort de son pays natal ; et comme si elle eût été honteuse de se voir caressée auprès de sa mère, elle repoussa toujours en murmurant ma main folâtre qui la voulait toucher. Les animaux qui s'y venaient désaltérer, plus raisonnables que ceux de notre monde, témoignaient être surpris de voir qu'il faisait grand jour sur l'horizon, pendant qu'ils regardaient le soleil aux antipodes, et n'osaient quasi se pencher sur le bord, de crainte qu'ils avaient de tomber au firmament.

Il faut que je vous avoue qu'à la vue de tant de belles choses je me sentis chatouillé de ces agréables douleurs, où on dit que l'embryon se trouve à l'infusion de son âme. Le vieux poil me tomba pour faire place à d'autres cheveux plus épais et plus déliés. Je sentis ma jeunesse se rallumer, mon visage devenir vermeil, ma chaleur naturelle se remêler doucement à mon humide radical ; enfin je reculai sur mon âge environ quatorze ans.

J'avais cheminé une demi-lieue à travers une forêt de jasmins et de myrtes, quand j'aperçus couché à l'ombre je ne sais quoi qui remuait : c'était un jeune adolescent, dont la majestueuse beauté me força presque à l'adoration. Il se leva pour m'en empêcher :

« Et ce n'est pas à moi, s'écria-t-il fortement, c'est à Dieu que tu dois ces humilités-Vous voyez une personne, lui répondis-je, consternée de tant de miracles, que je ne sais par lequel débuter mes admirations ; car, en premier lieu, venant d'un monde que vous prenez sans doute ici pour une lune, je pensais être abordé dans un autre que ceux de mon pays appellent la Lune aussi ; et voilà que je me trouve en paradis, aux pieds d'un Dieu qui ne veut pas être adoré, et d'un étranger qui parle ma langue.

– Hormis la qualité de Dieu, me répliqua-t-il, ce que vous dites est véritable ; cette terre-ci est la Lune que vous voyez de votre globe ; et ce lieu-ci où vous marchez est le paradis, mais c'est le Paradis terrestre où n'ont jamais entré que six personnes : Adam, Ève, Énoch, moi qui suis le vieil Élie, saint Jean l'Évangéliste, et vous. Vous savez bien comment les deux premiers en furent bannis, mais vous ne savez pas comme ils arrivèrent en votre monde. Sachez donc qu'après avoir tâté tous deux de la pomme défendue, Adam, qui craignait que Dieu, irrité par sa présence, ne rengrégeât sa punition, considéra la lune, votre Terre, comme le seul refuge où il se pouvait mettre à l'abri des poursuites de son Créateur.

Or, en ce temps-là, l'imagination chez l'homme était si forte, pour n'avoir point encore été corrompue, ni par les débauches, ni par la crudité des aliments, ni par l'altération des maladies, qu'étant alors excité du violent désir d'aborder cet asile, et que toute sa masse étant devenue légère par le feu de cet enthousiasme, il y fut enlevé de la même sorte qu'il s'est vu des philosophes, leur imagination fortement tendue à quelque chose, être emportés en l'air par des ravissements que vous appelez extatiques. Ève, que l'infirmité de son sexe rendait plus faible et moins chaude, n'aurait pas eu sans doute l'imaginative assez vigoureuse pour vaincre par la contention de sa volonté le poids de la matière, mais parce qu'il y avait très peu qu'elle avait été tirée du corps de son mari, la sympathie dont cette moitié était encore liée à son tout, la porta vers lui à mesure qu'il montait, comme l'ambre se fait suivre de la paille, comme l'aimant se tourne au septentrion d'où il a été arraché, et Adam attira l'ouvrage de sa côte comme la mer attire les fleuves qui sont sortis d'elle. Arrivés qu'ils furent en votre Terre, ils s'habituèrent entre la Mésopotamie et l'Arabie ; les Hébreux l'ont connu sous le nom d'Adam, et les idolâtres sous le nom de Prométhée, que leurs poètes feignirent avoir dérobé le feu du ciel, à cause de ses descendants qu'il engendra pourvus d'une âme aussi parfaite que celle dont Dieu l'avait rempli.

Ainsi pour habiter votre monde, le premier homme laissa celui-ci désert ; mais le Tout-Sage ne voulut pas qu'une demeure si heureuse restât sans habitants : il permit, peu de siècles après, qu'Énoch, ennuyé de la compagnie des hommes, dont l'innocence se corrompait, eût envie de les abandonner.

Mais ce saint personnage ne jugea point de retraite assurée contre l'ambition de ses parents qui s'égorgeaient déjà pour le partage de votre monde, sinon la Terre bienheureuse, dont jadis, Adam, son aïeul, lui avait tant parlé. Toutefois, comment y aller ?

L'échelle de Jacob n'était pas encore inventée ! La grâce du Très-Haut y suppléa, car elle fit qu'Énoch s'avisa que le feu du ciel descendait sur les holocaustes des justes et de ceux qui étaient agréables devant la face du Seigneur, selon la parole de sa bouche : « L'odeur des sacrifices du juste est montée jusqu'à moi. » Un jour que cette flamme divine était acharnée à consommer une victime qu'il offrait à l'Éternel, de la vapeur qui s'exhalait, il remplit deux grands vases qu'il luta hermétiquement, et se les attacha sous les aisselles. La fumée aussitôt qui tendait à s'élever droit à Dieu, et qui ne pouvait que par miracle pénétrer du métal, poussa les vases en haut, et de la sorte enlevèrent avec eux ce saint homme.

Quand il fut monté jusqu'à la Lune, et qu'il eut jeté les yeux sur ce beau jardin, un épanouissement de joie quasi surnaturel lui fit connaître que c'était le Paradis terrestre où son grand-père avait autrefois demeuré. Il délia promptement les vaisseaux qu'il avait ceints comme des ailes autour de ses épaules, et le fit avec tant de bonheur qu'à peine était-il en l'air quatre toises au-dessus de la Lune, lorsqu'il prit congé de ses nageoires. L'élévation cependant était assez grande pour le beaucoup blesser, sans le grand tour de sa robe, où le vent s'engouffra, et l'ardeur du feu de la charité qui le soutint aussi.

Pour les vases, ils montèrent toujours jusqu'à ce que Dieu les enchâssât dans le ciel, et c'est ce qu'aujourd'hui vous appelez les Balances, qui nous montrent bien tous les jours qu'elles sont encore pleines des odeurs du sacrifice d'un juste par les influences favorables qu'elles inspirent sur l'horoscope de Louis le Juste, qui eut les Balances pour ascendant.

Il n'était pas encore toutefois en ce jardin ; il n'y arriva que quelque temps après. Ce fut lorsque déborda le déluge, car les eaux où votre monde s'engloutit montèrent à une hauteur si prodigieuse que l'arche voguait dans les cieux à côté de la Lune.

Les humains aperçurent ce globe par la fenêtre, mais la réflexion de ce grand corps opaque s'affaiblissait à cause de leur proximité qui partageait sa lumière, chacun d'eux crut que c'était un canton de la Terre qui n'avait pas été noyé. Il n'y eut qu'une fille de Noé, nommée Achab, qui, à cause peut-être qu'elle avait pris garde qu'à mesure que le navire haussait, ils approchaient de cet astre, soutint à cor et à cri qu'assurément c'était la lune. On eut beau lui représenter que, la sonde jetée, on n'avait trouvé que quinze coudées d'eau, elle répondait que le fer avait donc rencontré le dos d'une baleine qu'ils avaient pris pour la Terre que, quant à elle, elle était bien assurée que c'était la Lune en propre personne qu'ils allaient aborder. Enfin, comme chacun opine pour son semblable, toutes les autres femmes se le persuadèrent ensuite. Les voilà donc, malgré la défense des hommes, qui jettent l'esquif en mer.

Achab était la plus hasardeuse ; aussi voulut-elle la première essayer le péril. Elle se lance allégrement dedans, et tout son sexe l'allait joindre, sans une vague qui séparât le bateau du navire. On eut beau crier après elle, l'appeler cent fois lunatique, protester qu'elle serait cause qu'un jour on reprocherait à toutes les femmes d'avoir dans la tête un quartier de la Lune, elle se moqua d'eux.

La voilà qui vogue hors du monde. Les animaux suivirent son exemple, car la plupart des oiseaux qui se sentirent l'aile assez forte pour risquer le voyage, impatients de la première prison dont on eût encore arrêté leur liberté, donnèrent jusque-là.

Des quadrupèdes mêmes, les plus courageux se mirent à la nage. Il en était sorti près de mille, avant que les fils de Noé pussent fermer les étables que la foule des animaux qui s'échappaient tenaient ouvertes. La plupart abordèrent ce nouveau monde.

Pour l'esquif, il alla donner contre un coteau fort agréable où la généreuse Achab descendit, et, joyeuse d'avoir connu qu'en effet cette Terre-là était la Lune, ne voulait point se rembarquer pour rejoindre ses frères. Elle s'habitua quelque temps dans une grotte, et comme un jour elle se promenait, balançant si elle serait fâchée d'avoir perdu la compagnie des siens ou si elle en serait bien aise, elle aperçut un homme qui abattait du gland. La joie d'une telle rencontre la fit voler aux embrassements ; elle en reçut de réciproques, car il y avait encore plus longtemps que le vieillard n'avait vu



13

de visage humain. C'était Énoch le Juste. Ils vécurent ensemble, et sans que le naturel impie de ses enfants, et l'orgueil de sa femme, l'obligeât de se retirer dans les bois, ils auraient achevé ensemble de filer leurs jours avec toute la douceur dont Dieu bénit le mariage des justes.

Là, tous les jours, dans les retraites les plus sauvages de ces affreuses solitudes, ce bon vieillard offrait à Dieu, d'un esprit épuré, son cœur en holocauste, quand de l'Arbre de Science que vous savez qui est en ce jardin, un jour étant tombé une pomme dans la rivière au bord de laquelle il est planté, elle fut portée à la merci des vagues hors le paradis, en un lieu où le pauvre Énoch, pour sustenter sa vie, prenait du poisson à la pêche. Ce beau fruit fut arrêté dans le filet, il le mangea. Aussitôt il connut où était le paradis terrestre, et, par des secrets que vous ne sauriez concevoir si vous n'aviez mangé comme lui de la pomme de science, il y vint demeurer. Il faut maintenant que je vous raconte la façon dont j'y suis venu : Vous n'avez pas oublié, je pense, que je me nomme Élie, car je vous l'ai dit naguère. Vous saurez donc que j'étais en votre monde et que j'habitais avec Élisée, un Hébreu comme moi, sur les bords du Jourdain, où je vivais, parmi les livres, d'une vie assez douce pour ne la pas regretter, encore qu'elle s'écoulât. Cependant, plus les lumières de mon esprit croissaient, plus croissait aussi la connaissance de celles que je n'avais point. Jamais nos prêtres ne me ramentevaient Adam que le souvenir de cette philosophie parfaite qu'il avait possédée ne me fît soupirer. Je désespérais de la pouvoir acquérir, quand un jour, après avoir sacrifié pour l'expiation des faiblesses de mon être mortel, je m'endormis et l'ange du Seigneur m'apparut en songe. Aussitôt que je fus éveillé, je ne manquai pas de travailler aux choses qu'il m'avait prescrites ; je pris de l'aimant environ deux pieds en carré, je les mis au fourneau, puis lorsqu'il fut bien purgé, précipité et dissous, j'en tirai l'attractif, calcinai tout cet élixir et le réduisis en un morceau de la grosseur environ d'une balle médiocre.

En suite de ces préparations, je fis construire un chariot de fer fort léger et, de là à quelques mois, tous mes engins étant achevés, j'entrai dans mon industrieuse charrette. Vous me demanderez possible à quoi bon tout cet attirail ? Sachez que l'ange m'avait dit en songe que si je voulais acquérir une science parfaite comme je la désirais, je montasse au monde de la Lune, où je trouverais dedans le paradis d'Adam, l'Arbre de Science, parce qu'aussitôt que j'aurais tâté de son fruit mon âme serait éclairée de toutes les vérités dont une créature est capable. Voilà donc le voyage pour lequel j'avais bâti mon chariot. Enfin je montai dedans et lorsque je fus bien ferme et bien appuyé sur le siège, je ruai fort haut en l'air cette boule d'aimant. Or la machine de fer que j'avais forgée tout exprès plus massive au milieu qu'aux extrémités fut enlevée aussitôt et, dans un parfait équilibre, à cause qu'elle se poussait toujours plus vite par cet endroit-là. Ainsi donc à mesure que j'arrivais où l'aimant m'avait attiré, et dès que j'étais sauté jusque-là, ma main le faisait repartir.

– Mais, l'interrompis-je, comment lanciez-vous votre balle si droit au-dessus de votre chariot, qu'il ne se trouvât jamais à côté ?

– Je ne vois point de merveille en cette aventure, me dit-il, car l'aimant, poussé qu'il était en l'air, attirait le fer droit à soi ; et par conséquent il était impossible que je montasse jamais à côté. Je vous confesserai bien que, tenant ma boule à ma main, je ne laissais pas de monter, parce que le chariot courait toujours à l'aimant que je tenais au-dessus de lui ; mais la saillie de ce fer pour embrasser ma boule était si vigoureuse qu'elle me faisait plier le corps en quatre doubles, de sorte que je n'osai tenter qu'une fois cette nouvelle expérience. À la vérité, c'était un spectacle à voir bien étonnant, car le soin avec lequel j'avais poli l'acier de cette maison volante réfléchissait de tous côtés la lumière du soleil si vive et si aiguë que je croyais moi-même être emporté dans un chariot de feu. Enfin, après avoir beaucoup rué et volé après mon coup, j'arrivai comme vous avez fait en un terme où je tombais vers ce monde-ci ; et parce qu'en cet instant je tenais ma boule bien serrée entre mes mains, mon chariot dont le siège me pressait pour approcher de son attractif ne me quitta point ; tout ce qui me restait à craindre était de me rompre le col ; mais pour m'en garantir, je rejetais ma boule de temps en temps, afin que ma machine se sentant naturellement rattirée, prît du repos et rompît ainsi la force de ma chute. Puis, enfin, quand je me vis à deux ou trois cents toises près de Terre, je lançai ma balle de tous côtés à fleur du chariot, tantôt deçà, tantôt delà, jusqu'à ce que mes yeux le découvrirent. Aussitôt je ne manquai pas de la ruer dessus, et ma machine l'ayant suivie, je me laissai tomber tant que je me discernai près de briser contre le sable, car alors je la jetai seulement un pied par-dessus ma tête, et ce petit coup-là éteignit tout à fait la raideur que lui avait imprimée le précipice, de sorte que ma chute ne fut pas plus violente que si je fusse tombé de ma hauteur.

Je ne vous représenterai point l'étonnement dont me saisit la rencontre des merveilles qui sont céans, parce qu'il fut à peu près semblable à celui dont je vous viens de voir consterné. Vous saurez seulement que je rencontrai, dès le lendemain, l'Arbre de Vie par le moyen duquel je m'empêchai de vieillir. Il consomma bientôt et fit exhaler le serpent en fumée. » À ces mots :

« Vénérable et sacré patriarche, lui dis-je, je serais bien aise de savoir ce que vous entendez par ce serpent qui fut consommé. » Lui, d'un visage riant, me répondit ainsi :

« J'oubliais, ô mon fils, à vous découvrir un secret dont on ne peut pas vous voir instruit. Vous saurez donc qu'après qu'Ève et son mari eurent mangé de la pomme défendue, Dieu, pour punir le serpent qui les en avait tentés, le relégua dans le corps de l'homme. Il n'est point né depuis de créature humaine qui, en punition du crime de son premier père, ne nourrisse un serpent dans son ventre, issu de ce premier. Vous le nommez les boyaux, et vous les croyez nécessaires aux fonctions de la vie, mais apprenez que ce ne sont autre chose que des serpents pliés sur eux-mêmes en plusieurs doubles.

Quand vous entendez vos entrailles crier, c'est le serpent qui siffle, et qui, suivant ce naturel glouton dont jadis il incita le premier homme à trop manger, demande à manger aussi ; car Dieu qui, pour vous châtier, voulait vous rendre mortel comme les autres animaux, vous fit obséder par cet insatiable, afin que si vous lui donniez trop à manger, vous vous étouffassiez ; ou si, lorsque avec les dents invisibles dont cet affamé mord votre estomac, vous lui refusiez sa pitance, il criât, il tempêtât, il dégorgeât ce venin que vos docteurs appellent la bile, et vous échauffât tellement, par le poison qu'il inspire à vos artères, que vous en fussiez bientôt consumé. Enfin pour vous montrer que vos boyaux sont un serpent que vous avez dans le corps, souvenez-vous qu'on en trouva dans les tombeaux d'Esculape, de Scipion, d'Alexandre, de Charles Martel et d'Édouard d'Angleterre qui se nourrissaient encore des cadavres de leurs hôtes.

— En effet, lui dis-je en l'interrompant, j'ai remarqué que comme ce serpent essaie toujours à s'échapper du corps de l'homme, on lui voit la tête et le col sortir au bas de nos ventres. Mais aussi Dieu n'a pas permis que l'homme seul en fût tourmenté, il a voulu qu'il se bandât contre la femme pour lui jeter son venin, et que l'enflure durât neuf mois après l'avoir piquée. Et pour vous montrer que je parle suivant la parole du Seigneur, c'est qu'il dit au serpent pour le maudire qu'il aurait beau faire trébucher la femme en se raidissant contre elle, qu'elle lui ferait enfin baisser la tête. » Je voulais continuer ces faribolés, mais Élie m'en empêcha :

« Songez, dit-il, que ce lieu-ci est saint. » Il se tut ensuite quelque temps, comme pour se ramentevoir de l'endroit où il était demeuré, puis il prit ainsi la parole :

« Je ne tâte du fruit de vie que de cent ans en cent ans, son jus a pour le goût quelque rapport avec l'esprit de vin ; ce fut, je crois, cette pomme qu'Adam avait mangée qui fut cause que nos premiers pères vécurent si longtemps, pour ce qu'il était coulé dans leur semence quelque chose de son énergie jusqu'à ce qu'elle s'éteignît dans les eaux du déluge. L'Arbre de Science est planté vis-à-vis. Son fruit est couvert d'une écorce qui produit l'ignorance dans quiconque en a goûté, et qui sous l'épaisseur de cette pelure conserve les spirituelles vertus de ce docte manger. Dieu autrefois, après avoir chassé Adam de cette Terre bienheureuse, de peur qu'il n'en retrouvât le chemin, lui frotta les gencives de cette écorce. Il fut, depuis ce temps-là, plus de quinze ans à radoter et oublia tellement toutes choses que lui ni ses descendants jusqu'à Moïse ne se souvinrent seulement pas de la Création. Mais les restes de la vertu de cette pesante écorce achevèrent de se dissiper par la chaleur et la clarté du génie de ce grand prophète.

Je m'adressai par bonheur à l'une de ces pommes que la maturité avait dépouillée de sa peau, et ma salive à peine l'avait mouillée que la philosophie universelle m'absorba. Il me sembla qu'un nombre infini de petits yeux se plongèrent dans ma tête, et je sus le moyen de parler au Seigneur.

Quand depuis j'ai fait réflexion sur cet enlèvement miraculeux, je me suis bien imaginé que je n'aurais pas pu vaincre par les vertus occultes d'un simple corps naturel la vigilance du séraphin que Dieu a ordonné pour la garde de ce paradis.

Mais parce qu'il se plaît à se servir de causes secondes, je crus qu'il m'avait inspiré ce moyen pour y entrer, comme il voulut se servir des côtes d'Adam pour lui faire une femme, quoiqu'il pût la former de Terre aussi bien que lui.

Je demeurai longtemps dans ce jardin à me promener sans compagnie. Mais enfin, comme l'ange portier du lieu était mon principal hôte, il me prit envie de le saluer. Une heure de chemin termina mon voyage, car, au bout de ce temps, j'arrivai en une contrée où mille éclairs se confondant en un formaient un jour aveugle qui ne servait qu'à rendre l'obscurité visible. Je n'étais pas encore bien remis de cette aventure que j'aperçus devant moi un bel adolescent :

"Je suis, me dit-il, l'archange que tu cherches, je viens de lire dans Dieu qu'il t'avait suggéré les moyens de venir ici, et qu'il voulait que tu y attendisses sa volonté. " Il m'entretint de plusieurs choses et me dit entre autres :

Que cette lumière dont j'avais paru effrayé n'était rien de formidable ; qu'elle s'allumait presque tous les soirs, quand il faisait la ronde, parce que, pour éviter les surprises des sorciers qui entrent partout sans être vus, il était contraint de jouer de l'espadon avec son épée flamboyante autour du paradis terrestre, et que cette lueur était les éclairs qu'engendrait son acier. Ceux que vous apercevez de votre monde, ajouta-t-il, sont produits par moi. Si quelquefois vous les remarquez bien loin, c'est à cause que les nuages d'un climat éloigné, se trouvant disposés à recevoir cette impression, font rejaillir jusqu'à vous ces légères images de feu, ainsi qu'une vapeur autrement située se trouve propre à former l'arc-en-ciel. Je ne vous instruirai pas davantage, aussi bien la pomme de science n'est pas loin d'ici ; aussitôt que vous en aurez mangé, vous serez docte comme moi. Mais surtout gardez-vous d'une méprise ; la plupart des fruits qui pendent à ce végétant sont environnés d'une écorce de laquelle si vous tâtez, vous descendrez au-dessous de l'homme au lieu que le dedans vous fera monter aussi haut que l'ange. » Élie en était là des instructions que lui avait données le séraphin quand un petit homme nous vint joindre.

« C'est ici cet Énoch dont je vous ai parlé, me dit tout bas mon conducteur. »

Comme il achevait ces mots, Énoch nous présenta un panier plein de je ne sais quels fruits semblables aux pommes de grenades qu'il venait de découvrir, ce jour-là même, en un bocage reculé. J'en serrai quelques-unes dans mes poches par le commandement d'Élie, lorsqu'il lui demanda qui j'étais.

« C'est une aventure qui mérite un plus long entretien, repartit mon guide ; ce soir, quand nous serons retirés, il nous contera lui-même les miraculeuses particularités de son voyage. »

Nous arrivâmes, en finissant cela, sous une espèce d'ermitage fait de branches de palmier ingénieusement entrelacées avec des myrtes et des orangers. Là j'aperçus dans un petit réduit des monceaux d'une certaine filoselle si blanche et si déliée qu'elle pouvait passer pour l'âme de la neige.

Je vis aussi des quenouilles répandues çà et là. Je demandai à mon conducteur à quoi elles servaient :

« À filer, me répondit-il. Quand le bon Énoch veut se débander de la méditation, tantôt il habille cette filasse, tantôt il en tourne du fil, tantôt il tisse de la toile qui sert à tailler des chemises aux onze mille vierges. Il n'est pas que vous n'ayez quelquefois rencontré en votre monde je ne sais quoi de blanc qui voltige en automne, environ la saison des semailles ; les paysans appellent cela " coton de Notre-Dame ", c'est la bourre dont Énoch purge son lin quand il le carde. » Nous n'arrêtâmes guère, sans prendre congé d'Énoch, dont cette cabane était la cellule, et ce qui nous obligea de le quitter sitôt fut que, de six en six heures, il fait oraison et qu'il y avait bien cela qu'il avait achevé la dernière.

Je suppliai en chemin Élie de nous achever l'histoire des assomptions qu'il m'avait entamée, et lui dis qu'il en était demeuré, ce me semblait, à celle de saint Jean l'Évangéliste.

« Alors puisque vous n'avez pas, me dit-il, la patience d'attendre que la pomme de savoir vous enseigne mieux que moi toutes ces choses, je veux bien vous les apprendre : Sachez donc que Dieu…"

À ce mot, je ne sais pas comme le Diable s'en mêla, tant y a que je ne puis m'empêcher de l'interrompre pour railler :

« Je m'en souviens, lui dis-je, Dieu fut un jour averti que l'âme de cet évangéliste était si détachée qu'il ne la retenait plus qu'à force de serrer les dents, et cependant l'heure, où il avait prévu qu'il serait enlevé céans, était presque expirée de façon que, n'ayant pas le temps de lui préparer une machine, il fut contraint de l'y faire être vitement sans avoir le loisir de l'y faire aller. » Élie, pendant tout ce discours, me regardait avec des yeux capables de me tuer, si j'eusse été en état de mourir d'autre chose que de faim :

« Abominable, dit-il, en se reculant, tu as l'impudence de railler sur les choses saintes, au moins ne serait-ce pas impunément si le Tout-Sage ne voulait te laisser aux nations en exemple fameux de sa miséricorde. Va, impie, hors d'ici, va publier dans ce petit monde et dans l'autre, car tu es prédestiné à y retourner, la haine irréconciliable que Dieu porte aux athées. »

À peine eut-il achevé cette imprécation qu'il m'empoigna et me conduisit rudement vers la porte. Quand trous fûmes arrivés proche un grand arbre dont les branches chargées de fruits se courbaient presque à terre :

« Voici l'Arbre de Savoir, me dit-il, où tu aurais puisé des lumières inconcevables sans ton irréligion. » Il n'eut pas achevé ce mot que, feignant de languir de faiblesse, je me laissai tomber contre une branche où je dérobai adroitement une pomme. Il s'en fallait encore plusieurs enjambées que je n'eusse le pied hors de ce parc délicieux ; cependant la faim me pressait avec tant de violence qu'elle me fit oublier que j'étais entre les mains d'un prophète courroucé. Cela fit que je tirai une de ces pommes dont j'avais grossi ma poche, où je cachai mes dents ; mais, au lieu de prendre une de celles dont Énoch m'avait fait présent, ma main tomba sur la pomme que j'avais cueillie à l'Arbre de Science et dont par malheur je n'avais pas dépouillé l'écorce.

J'en avais à peine goûté qu'une épaisse nuit tomba sur mon âme : je ne vis plus ma pomme, plus d'Élie auprès de moi, et mes yeux ne reconnurent pas en tout l'hémisphère une seule trace du Paradis terrestre, et avec tout cela je ne laissais pas de me souvenir de tout ce qui m'y était arrivé.

Quand depuis j'ai fait réflexion sur ce miracle, je me suis figuré que cette écorce ne m'avait pas tout à fait abruti, à cause que mes dents la traversèrent et se sentirent un peu du jus de dedans, dont l'énergie avait dissipé les malignités de la pelure.

Je restai bien surpris de me voir tout seul au milieu d'un pays que je ne connaissais point. J'avais beau promener mes yeux, et les jeter par la campagne, aucune créature ne s'offrait pour les consoler. Enfin je résolus de marcher, jusqu'à ce que la Fortune me fît rencontrer la compagnie de quelque bête ou de la mort.

Elle m'exauça car au bout d'un demi-quart de lieue je rencontrai deux fort grands animaux, dont l'un s'arrêta devant moi, l'autre s'enfuit légèrement au gîte (au moins, je le pensai ainsi à cause qu'à quelque temps de là je le vis revenir accompagné de plus de sept ou huit cents de même espèce qui m'environnèrent). Quand je les pus discerner de près, je connus qu'ils avaient la taille, la figure et le visage comme nous. Cette aventure me fit souvenir de ce que jadis j'avais ouï conter à ma nourrice, des sirènes, des faunes et des satyres. De temps en temps ils élevaient des huées si furieuses, causées sans doute par l'admiration de me voir, que je croyais quasi être devenu monstre.

Une de ces bêtes-hommes m'ayant saisi par le col, de même que font les loups quand ils enlèvent une brebis, me jeta sur son dos, et me mena dans leur ville. Je fus bien étonné, lorsque je reconnus en effet que c'étaient des hommes, de n'en rencontrer pas un qui ne marchât à quatre pattes.

Quand ce peuple me vit passer, me voyant si petit (car la plupart d'entre eux ont douze coudées de longueur), et mon corps soutenu sur deux pieds seulement, ils ne purent croire que je fusse un homme, car ils tenaient, eux autres, que, la nature ayant donné aux hommes comme aux bêtes deux jambes et deux bras, ils s'en devaient servir comme eux. Et en effet, rêvant depuis sur ce sujet, j'ai songé que cette situation de corps n'était point trop extravagante, quand je me suis souvenu que nos enfants, lorsqu'ils ne sont encore instruits que de nature, marchent à quatre pieds, et ne s'élèvent sur deux que par le soin de leurs nourrices qui les dressent dans de petits chariots, et leur attachent des lanières pour les empêcher de tomber sur les quatre, comme la seule assiette ou la figure de notre masse incline de se reposer.

Ils disaient donc (à ce que je me suis fait depuis interpréter) qu'infailliblement j'étais la femelle du petit animal de la reine. Ainsi je fus en qualité de telle ou d'autre chose mené droit à l'hôtel de ville, où je remarquai, selon le bourdonnement et les postures que faisaient et le peuple et les magistrats, qu'ils consultaient ensemble ce que je pouvais être. Quand ils eurent longtemps conféré, un certain bourgeois qui gardait les bêtes rares supplia les échevins de me prêter à lui, en attendant que la reine m'envoyât quérir pour vivre avec mon mâle.

On n'en fit aucune difficulté. Ce bateleur me porta en son logis, il m'instruisit à faire le godenot, à passer des culbutes, à figurer des grimaces ; et les après-dînées faisait prendre à la porte de l'argent pour me montrer. Enfin le ciel, fléchi de mes douleurs et fâché de voir profaner le temple de son maître, voulut qu'un jour, comme j'étais attaché au bout d'une corde, avec laquelle le charlatan me faisait sauter pour divertir le badaud, un de ceux qui me regardaient, après m'avoir considéré fort attentivement, me demanda en grec qui j'étais. Je fus bien étonné d'entendre là parler comme en notre monde. Il m'interrogea quelque temps ; je lui répondis, et lui contai ensuite généralement toute l'entreprise et le succès de mon voyage. Il me consola, et je me souviens qu'il me dit :

« Eh bien ! mon fils, vous portez enfin la peine des faiblesses de votre monde. Il y a du vulgaire ici comme là qui ne peut souffrir la pensée des choses où il n'est point accoutumé. Mais sachez qu'on ne vous traite qu'à la pareille, et que si quelqu'un de cette Terre avait monté dans la vôtre, avec la hardiesse de se dire homme, vos docteurs le feraient étouffer comme un monstre ou comme un singe possédé du Diable. »

Il me promit ensuite qu'il avertirait la cour de mon désastre ; il ajouta qu'aussitôt qu'il m'avait envisagé, le cœur lui avait dit que j'étais un homme parce qu'il avait autrefois voyagé au monde d'où je venais, que mon pays était la Lune, que j'étais gaulois et qu'il avait jadis demeuré en Grèce, qu'on l'appelait le démon de Socrate, qu'il avait depuis la mort de ce philosophe gouverné et instruit à Thèbes Épaminondas, qu'ensuite, étant passé chez les Romains, la justice l'avait attaché au parti du jeune Caton, puis après son trépas, qu'il s'était donné à Brutus. Que tous ces grands personnages n'ayant rien laissé au monde à leur place que l'image de leurs vertus, il s'était retiré avec ses compagnons tantôt dans les temples tantôt dans les solitudes.

« Enfin, ajouta-t-il, le peuple de votre Terre devint si stupide et si grossier que mes compagnons et moi perdîmes tout le plaisir que nous avions pris autrefois à l'instruire. Il n'est pas que vous n'ayez entendu parler de nous ; on nous appelait oracles, nymphes, génies, fées, dieux foyers, lémures, larves, lamies, farfadets, naïades, incubes, ombres, mânes, spectres, fantômes ; et nous abandonnâmes votre monde sous le règne d'Auguste, un peu après que je me fus apparu à Drusus, fils de Livia, qui portait la guerre en Allemagne, et que je lui défendis de passer outre. Il n'y a pas longtemps que j'en suis arrivé pour la seconde fois ; depuis cent ans en çà, j'ai eu commission d'y faire un voyage, je rôdai beaucoup en Europe, et conversai avec des personnes que possible vous aurez connues. Un jour, entre autres, j'apparus à Cardan comme il étudiait ; je l'instruisis de quantité de choses, et en récompense il me promit qu'il témoignerait à la postérité de fini il tenait les miracles qu'il s'attendait d'écrire.

J'y vis Agrippa, l'abbé Tritème, le docteur Faust, La Brosse, César, et une certaine cabale de jeunes gens que le vulgaire a connus sous le nom de " chevaliers de la Rose-Croix ", à qui j'enseignai quantité de souplesse et de secrets naturels, qui sans doute les auront fait passer chez le peuple pour de grands magiciens. Je connus aussi Campanella, ce fut moi qui l'avisai, pendant qu'il était à l'Inquisition à Rome, de styler son visage et son corps aux grimaces et aux postures ordinaires de ceux dont il avait besoin de connaître l'intérieur afin d'exciter chez soi par une même assiette les pensées que cette même situation avait appelées dans ses adversaires, parce qu'ainsi il ménagerait mieux leur âme quand il la connaîtrait ; il commença à ma prière un livre que nous intitulâmes De Sensu Rerum. J'ai fréquenté pareillement en France, La Mothe, Le Vayer et Gassendi. Ce second est un homme qui écrit autant en philosophe que ce premier y vit. J'y ai connu aussi quantité d'autres gens, que votre siècle traite de divins, mais je n'ai rien trouvé en eux que beaucoup de babil et beaucoup d'orgueil.

Enfin comme je traversais de votre pays en Angleterre pour étudier les mœurs de ses habitants, je rencontrai un homme, la honte de son pays ; car certes c'est une honte aux grands de votre État de reconnaître en lui, sans l'adorer, la vertu dont il est le trône. Pour abréger son panégyrique, il est tout esprit, il est tout cœur, et si donner à quelqu'un toutes ces deux qualités dont une jadis suffisait à marquer un héros n'était dire Tristan l'Hermite, je me serais bien gardé de le nommer, car je suis assuré qu'il ne me pardonnera point cette méprise ; mais comme je n'attends pas de retourner jamais en votre monde, je veux rendre à la vérité ce témoignage de ma conscience. Véritablement, il faut que je vous avoue que, quand je vis une vertu si haute, j'appréhendai qu'elle ne fût pas reconnue ; c'est pourquoi je tâchai de lui faire accepter trois fioles ; la première était pleine d'huile de talc, l'autre de poudre de projection, et la dernière d'or potable, c'est-à-dire de ce sel végétatif dont vos chimistes promettent l'éternité. Mais il les refusa avec un dédain plus généreux que Diogène ne reçut les compliments d'Alexandre quand il le vint visiter à son tonneau. Enfin je ne puis rien ajouter à l'éloge de ce grand homme, si ce n'est que c'est le seul poète, le seul philosophe et le seul homme libre que vous ayez. Voilà les personnes considérables avec qui j'ai conversé ; tous les autres, au moins de ceux que j'ai connus, sont si fort au-dessous de l'homme, que j'ai vu des bêtes un peu plus haut.

Au reste, je ne suis point originaire de votre Terre ni de celle-ci, je suis né dans le soleil. Mais parce que quelquefois notre monde se trouve trop peuplé, à cause de la longue vie de ses habitants, et qu'il est presque exempt de guerres et de maladies, de temps en temps nos magistrats envoient des colonies dans les mondes d'autour. Quant à moi, je fus commandé pour aller en celui de la Terre et déclaré chef de la peuplade qu'on y envoyait avec moi. J'ai passé depuis en celui-ci, pour les raisons que je vous ai dites ; et ce qui fait que j'y demeure actuellement sans bouger, c'est que les hommes y sont amateurs de la vérité, qu'on n'y voit point de pédants, que les philosophes ne se laissent persuader qu'à la raison, et que l'autorité d'un savant, ni le plus grand nombre, ne l'emportent point sur l'opinion d'un batteur en grange, si le batteur en grange raisonne aussi fortement. Bref, en ce pays, on ne compte pour insensés que les sophistes et les orateurs. »

Je lui demandai combien de temps ils vivaient, il me répondit :

« Trois ou quatre mille ans. » Et continua de cette sorte :

« Pour me rendre visible comme je suis à présent, quand je sens le cadavre que j'informe presque usé ou que les organes n'exercent plus leurs fonctions assez parfaitement, je me souffle dans un jeune corps nouvellement mort.

Encore que les habitants du soleil ne soient pas en aussi grand nombre que ceux de ce monde, le soleil toutefois en regorge bien souvent, à cause que le peuple pour être d'un tempérament fort chaud, est remuant, ambitieux, et digère beaucoup.

Ce que je vous dis ne vous doit pas sembler une chose étonnante, car, quoique notre globe soit très vaste et le vôtre petit, quoique nous ne mourions qu'après quatre mille ans, et vous après un demi-siècle, apprenez que tout de même qu'il n'y a pas tant de cailloux que de terre, ni tant d'insectes que de plantes, ni tant d'animaux que d'insectes, ni tant d'hommes que d'animaux ; qu'ainsi il n'y doit pas avoir tant de démons que d'hommes, à cause des difficultés qui se rencontrent à la génération d'un composé si parfait. » Je lui demandai s'ils étaient des corps comme nous ; il me répondit que oui, qu'ils étaient des corps, mais non pas comme nous, ni comme aucune chose que nous estimions telle ; parce que nous n'appelons vulgairement " corps " que ce qui peut être touché ; qu'au reste il n'y avait rien en la nature qui ne fût matériel, et que, quoiqu'ils le fussent eux-mêmes, ils étaient contraints, quand ils voulaient se faire voir à nous, de prendre des corps proportionnés à ce que nos sens sont capables de connaître. Je l'assurai que ce qui avait fait penser à beaucoup de monde que les histoires qui se contaient d'eux n'étaient qu'un effet de la rêverie des faibles, procédait de ce qu'ils n'apparaissent que de nuit. Il me répliqua que, comme ils étaient contraints de bâtir eux-mêmes à la hâte les corps dont il fallait qu'ils se servissent, ils n'avaient bien souvent le temps de les rendre propres qu'à choir seulement dessous un sens, tantôt l'ouïe comme les voix des oracles, tantôt la vue comme les ardants et les spectres ; tantôt le toucher comme les incubes et les cauchemars, et que cette masse n'étant qu'air épaissi de telle ou telle façon, la lumière par sa chaleur les détruisait, ainsi qu'on voit qu'elle dissipe un brouillard en le dilatant.

Tant de belles choses qu'il m'expliquait me donnèrent la curiosité de l'interroger sur sa naissance et sur sa mort, si au pays du soleil l'individu venait au jour par les voies de génération, et s'il mourait par le désordre de son tempérament, ou la rupture de ses organes.

« Il y a trop peu de rapport, dit-il, entre vos sens et l'explication de ces mystères. Vous vous imaginez, vous autres, que ce que vous ne sauriez comprendre est spirituel, ou qu'il n'est point ; la conséquence est très fausse, mais c'est un témoignage qu'il y a dans l'univers un million peut-être de choses qui, pour être connues, demanderaient en nous un million d'organes tous différents. Moi, par exemple, je conçois par mes sens la cause de la sympathie de l'aimant avec le pôle, celle du reflux de la mer, ce que l'animal devient après la mort ; vous autres ne sauriez donner jusqu'à ces hautes conceptions à cause que les proportions à ces miracles vous manquent, non plus qu'un aveugle-né ne saurait s'imaginer ce que c'est que la beauté d'un paysage, le coloris d'un tableau, les nuances de l'iris ; ou bien il se les figurera tantôt comme quelque chose de palpable, tantôt comme un manger, tantôt comme un son, tantôt comme une odeur. Tout de même, si je voulais vous expliquer ce que je perçois par les sens qui vous manquent, vous vous le représenteriez comme quelque chose qui peut être ouï, vu, touché, fleuré, ou savouré, et ce n'est rien cependant de tout cela. » Il en était là de son discours quand mon bateleur s'aperçut que la chambrée commençait à s'ennuyer de notre jargon qu'ils n'entendaient point, et qu'ils prenaient pour un grognement non articulé. Il se remit de plus belle à tirer ma corde pour me faire sauter, jusqu'à ce que les spectateurs étant soûls de rire et d'assurer que j'avais presque autant d'esprit que les bêtes de leur pays, ils se retirèrent à leur maison.

J'adoucissais ainsi la dureté des mauvais traitements de mon maître par les visites que me rendait cet officieux démon ; car de m'entretenir avec d'autres, outre qu'ils me prenaient pour un animal des mieux enracinés dans la catégorie des brutes, ni je ne savais leur langue, ni eux n'entendaient pas la mienne, et jugez ainsi quelle proportion ; vous saurez que deux idiomes sont usités en ce pays, l'un sert aux grands, l'autre est particulier pour le peuple.

Celui des grands n'est autre chose qu'une différence de tons non articulés, à peu près semblable à notre musique, quand on n'a pas ajouté les paroles. Et certes c'est une invention tout ensemble bien utile et bien agréable ; car quand ils sont las de parler, ou quand ils dédaignent de prostituer leur gorge à cet usage, ils prennent tantôt un luth, tantôt un autre instrument, dont ils se servent aussi bien que de la voix à se communiquer leurs pensées ; de sorte que quelquefois ils se rencontreront jusqu'à quinze ou vingt de compagnie, qui agiteront un point de théologie, ou les difficultés d'un procès, par un concert le plus harmonieux dont on puisse chatouiller l'oreille.

Le second, qui est en usage chez le peuple, s'exécute par les trémoussements des membres, mais non pas peut-être comme on se le figure, car certaines parties du corps signifient un discours tout entier. L'agitation par exemple d'un doigt, d'une main, d'une oreille, d'une lèvre, d'un bras, d'une joue, feront chacun en particulier une oraison ou une période avec tous ces membres. D'autres ne servent qu'à désigner des mots, comme un pli sur le front, les divers frissonnements des muscles, les renversements des mains, les battements de pied, les contorsions de bras ; de façon qu'alors qu'ils parlent, avec la coutume qu'ils ont prise d'aller tout nus, leurs membres, accoutumés à gesticuler leurs conceptions, se remuent si dru, qu'ils ne semblent pas d'un homme qui parle, mais d'un corps qui tremble.

Presque tous les jours le démon me venait visiter, et ses miraculeux entretiens me faisaient passer sans ennui les violences de ma captivité. Enfin, un matin, je vis entrer dans ma loge un homme que je ne connaissais point, qui, m'ayant fort longtemps léché, m'engueula doucement par l'aisselle, et, de l'une des pattes dont il me soutenait de peur que je ne me blessasse, me jeta sur son dos, où je me trouvai assis si mollement et si à mon aise, qu'avec l'affliction que me faisait sentir un traitement de bête, il ne me prit aucune envie de me sauver, et puis ces hommes-là qui marchent à quatre pieds vont bien d'une autre vitesse que nous, puisque les plus pesants attrapent les cerfs à la course. Je m'affligeais cependant outre mesure de n'avoir point de nouvelles de mon courtois démon, et le soir de la première traite, arrivé que je fus au gîte, je me promenais dans la cuisine du cabaret en attendant que le manger fût prêt, lorsque voici mon porteur dont le visage était fort jeune et assez beau qui me vient rire auprès du nez, et jeter à mon cou ses deux pieds de devant. Après que je l'eus quelque temps considéré :

« Quoi ? me dit-il en français, vous ne connaissez plus votre ami ?" Je vous laisse à penser ce que je devins alors.

Certes ma surprise fut si grande, que dès lors je m'imaginai que tout le globe de la Lune, tout ce qui m'y était arrivé, et tout ce que j'y voyais, n'était qu'enchantement ; et cet homme-bête qui m'avait servi de monture continua de me parler ainsi :

« Vous m'aviez promis que les bons offices que je vous rendrais ne vous sortiraient jamais de la mémoire. »

Moi, je lui proteste que je ne l'avais jamais vu.

Enfin il me dit :

« Je suis ce démon de Socrate qui vous ai diverti pendant le temps de votre prison. Je partis hier selon ce que je vous avais promis pour aller avertir le Roi de votre désastre et j'ai fait trois cents lieues en dix-huit heures car je suis arrivé céans à midi pour vous attendre, mais…

– Mais, l'interrompis-je, comment tout cela se peut-il faire, vu que vous étiez hier d'une taille extrêmement longue, et qu'aujourd'hui vous êtes très court ; que vous aviez hier une voix faible et cassée, et qu'aujourd'hui vous en avez une claire et vigoureuse ; qu'hier enfin vous étiez un vieillard tout chenu, et que vous n'êtes aujourd'hui qu'un jeune homme ? Quoi donc ! au lieu qu'en mon pays on chemine de la naissance à la mort, les animaux de celui-ci vont-ils de la mort à la naissance, et rajeunit-on à force de vieillir ?

– Sitôt que j'eus parlé au prince, me dit-il, après avoir reçu l'ordre de vous amener je sentis le corps que j'informais si fort atténué de lassitude, que tous les organes refusaient leurs fonctions. Je m'enquis du chemin de l'hôpital, j'y fus et, dès que j'entrai dans la première chambre, je trouvai un jeune homme qui venait de rendre l'esprit. Je m'approchai du corps et, feignant d'y avoir reconnu quelque mouvement, je protestai à tous les assistants qu'il n'était point mort, que sa maladie n'était pas même dangereuse et adroitement, sans être aperçu je m'inspirai dedans par un souffle. Mon vieux cadavre tomba aussitôt à la renverse ; moi, dans ce jeune, je me levai ; on cria miracle et moi, sans arraisonner personne, je recourus promptement chez votre bateleur, où je vous ai pris. » Il m'en eût conté davantage si on ne nous fût venu quérir pour nous mettre à table ; mon conducteur me mena dans une salle magnifiquement meublée, mais je ne vis rien de préparé pour manger.

Une si grande solitude de viande, lorsque je périssais de faim m'obligea de lui demander où c'était qu'on avait dressé. Je n'écoutai point ce qu'il me répondit ; car trois ou quatre jeunes garçons, enfants de l'hôte, s'approchèrent de moi dans cet instant, qui avec beaucoup de civilité me dépouillèrent jusqu'à la chemise. Cette nouvelle façon de cérémonie m'étonna si fort que je n'en osai pas seulement demander la cause à mes beaux valets de chambre, et je ne sais comment, à mon guide, qui s'enquit par où je voulais commencer, je pus répondre ces deux mots : " Un potage ". Aussitôt je sentis l'odeur du plus succulent mitonné qui frappa jamais le nez du mauvais riche. Je voulus me lever de ma place pour chercher du naseau la source de cette agréable fumée, mais mon porteur m'en empêcha :

« Où voulez-vous aller ? me dit-il, tantôt nous sortirons à la promenade, mais maintenant il est saison de manger, achevez votre potage, et puis nous ferons venir autre chose.

– Et où diantre est ce potage ? lui criai-je tout en colère ; avez-vous fait gageure de vous moquer tout aujourd'hui de moi ?

– Je pensais, me répliqua-t-il, que vous eussiez vu à la ville d'où nous venons votre maître, ou quelque autre, prendre ses repas ; c'est pourquoi je ne vous avais point entretenu de la façon de se nourrir en ce pays. Puis donc que vous l'ignorez encore, sachez qu'on ne vit ici que de fumée. L'art de la cuisinerie est de renfermer dans de grands vaisseaux moulés exprès l'exhalaison qui sort des viandes, et en ayant ramassé de plusieurs sortes et de différents goûts, selon l'appétit de ceux que l'on traite, on débouche le vaisseau où cette odeur est assemblée, on en découvre après cela un autre, puis un autre, ensuite, jusqu'à ce que la compagnie soit tout à fait repue. À moins que vous n'ayez déjà vécu de cette sorte, vous ne croirez jamais que le nez, sans dents et sans gosier, fasse pour nourrir l'homme l'office de sa bouche, mais je m'en vais vous le faire voir par expérience. » Il n'eut pas plutôt achevé que je sentis entrer successivement dans la salle tant d'agréables vapeurs, et si nourrissantes, qu'en moins de demi-quart d'heure je me sentis tout à fait rassasié.

Quand nous fûmes levés :

« Cela n'est pas, dit-il, une chose qui vous doive causer beaucoup d'admiration, puisque vous ne pouvez pas avoir tant vécu sans observer qu'en votre monde les cuisiniers et les pâtissiers qui mangent moins que les personnes d'une autre vacation sont pourtant bien plus gras. D'où procède leur embonpoint, si ce n'est de la fumée des viandes dont sans cesse ils sont environnés, qui pénètre leurs corps et les nourrit ? Aussi les personnes de ce monde-ci jouissent d'une santé bien moins interrompue et plus vigoureuse, à cause que la nourriture n'engendre presque point d'excréments, qui sont l'origine de quasi toutes les maladies. Vous avez possible été surpris lorsque avant le repas on vous a déshabillé, parce que cette coutume n'est pas usitée en votre pays ; mais c'est la mode de celui-ci et l'on s'en sert afin que l'animal soit plus transpirable à la fumée.

– Monsieur, lui repartis-je, il y a très grande apparence à ce que vous dites, et je viens moi-même d'en expérimenter quelque chose ; mais je vous avouerai que, ne pouvant pas me débrutaliser si promptement, je serais bien aise de sentir un morceau palpable sous mes dents. » Il me le promit, et toutefois ce fut pour le lendemain, à cause, disait-il, que de manger si tôt après le repas me produirait quelque indigestion. Nous discourûmes encore quelque temps, puis nous montâmes à la chambre pour nous coucher.

Un homme au haut de l'escalier se présenta à nous, qui, nous ayant envisagés fort attentivement, me mena dans un cabinet, dont le plancher était couvert de fleurs d'orange à la hauteur de trois pieds, et mon démon dans un autre rempli d'œillets et de jasmins ; il me dit, voyant que je paraissais étonné de cette magnificence, que c'était la mode des lits du pays. Enfin nous nous couchâmes chacun dans notre cellule ; et dès que je fus étendu sur mes fleurs, j'aperçus, à la lueur d'une trentaine de gros vers luisants enfermés dans un cristal (car on ne se sert point d'une chandelle) ces trois ou quatre jeunes garçons qui m'avaient déshabillé à souper, dont l'un se mit à me chatouiller les pieds, l'autre les cuisses, l'autre les flancs, l'autre les bras, et tous avec tant de mignoteries et de délicatesse qu'en moins d'un moment je me sentis assoupir.

Je vis entrer le lendemain mon démon avec le soleil et : « Je vous tiens parole, me dit-il ; vous déjeunerez plus solidement que vous ne soupâtes hier. »

À ces mots, je me levai, et il me conduisit par la main, derrière le jardin du logis, où l'un des enfants de l'hôte nous attendait avec une arme à la main, presque semblable à nos fusils. Il demanda à mon guide si je voulais



27

une douzaine d'alouettes, parce que les magots (il me prenait pour tel) se nourrissaient de cette viande. À peine eus-je répondu oui que le chasseur décharge en l'air un coup de feu, et vingt ou trente alouettes churent à nos pieds toutes cuites. Voilà, m'imaginai-je aussitôt, ce qu'on dit par proverbe en notre monde d'un pays où les alouettes tombent toutes rôties ! Sans doute quelqu'un était revenu d'ici.

« Vous n'avez qu'à manger, me dit mon démon ; ils ont l'industrie de mêler parmi la composition qui tue, plume et rôtit le gibier les ingrédients dont il le faut assaisonner. »

J'en ramassai quelques-unes, dont je mangeai sur sa parole, et en vérité je n'ai jamais en ma vie rien goûté de si délicieux.

Après ce déjeuner nous nous mîmes en état de partir, et avec mille grimaces dont ils se servent quand ils veulent témoigner de l'affection, l'hôte reçut un papier de mon démon. Je lui demandai si c'était une obligation pour la valeur de l'écot. Il me repartit que non ; qu'il ne lui devait plus rien, et que c'étaient des vers.

« Comment, des vers ? lui répliquai-je, les taverniers sont donc curieux en rimes ?

– C'est, me répondit-il, la monnaie du pays, et la dépense que nous venons de faire céans s'est trouvée monter à un sixain que je lui viens de donner. Je ne craignais pas de demeurer court ; car quand nous ferions ici ripaille pendant huit jours, nous ne saurions dépenser un sonnet, et j'en ai quatre sur moi, avec deux épigrammes, deux odes et une églogue.

– Ha ! vraiment, dis-je en moi-même, voilà justement la monnaie dont Sorel fait servir Hortensius dans *Francion*, je m'en souviens. C'est là sans doute, qu'il l'a dérobé ; mais de qui diable peut-il l'avoir appris ? Il faut que ce soit de sa mère, car j'ai ouï dire qu'elle était lunatique. » J'interrogeai mon démon ensuite si ces vers monnayés servaient toujours, pourvu qu'on les transcrivît ; il me répondit que non, et continua ainsi :

« Quand on en a composé, l'auteur les porte à la Cour des monnaies, où les poètes jurés du royaume font leur résidence. Là ces versificateurs officiers mettent les pièces à l'épreuve, et si elles sont jugées de bon aloi, on les taxe non pas selon leur poids, mais selon leur pointe, et de cette sorte, quand quelqu'un meurt de faim, ce n'est jamais qu'un buffle, et les personnes d'esprit font toujours grande chère. »

J'admirais, tout extasié, la police judicieuse de ce pays-là, et il poursuivit de cette façon :

« Il y a encore d'autres personnes qui tiennent cabaret d'une manière bien différente. Lorsque vous sortez de chez eux, ils vous demandent à proportion des frais un acquit pour l'autre monde ; et dès qu'on le leur a abandonné, ils écrivent dans un grand registre qu'ils appellent les comptes de Dieu, à peu près ainsi : " Item, la valeur de tant de vers délivrés un tel jour, à un tel que Dieu me doit rembourser aussitôt l'acquit reçu du premier fonds qui se trouvera " ; lorsqu'ils se sentent malades en danger de mourir, ils font hacher ces registres en morceaux, et les avalent, parce qu'ils croient que, s'ils n'étaient ainsi digérés, Dieu ne les pourrait pas lire. » Cet entretien n'empêchait pas que nous ne continuassions de marcher, c'est-à-dire mon porteur à quatre pattes sous moi et moi à califourchon sur lui. Je ne particulariserai point davantage les aventures qui nous arrêtèrent sur le chemin, tant y a que nous arrivâmes enfin où le Roi fait sa résidence. Je fus mené droit au palais. Les grands me reçurent avec des admirations plus modérées que n'avait fait le peuple quand j'étais passé dans les rues. Leur conclusion néanmoins fut semblable, à savoir que j'étais sans doute la femelle du petit animal de la Reine. Mon guide me l'interprétait ainsi ; et cependant lui-même n'entendait point cette énigme, et ne savait qui était ce petit animal de la Reine ; mais nous en fûmes bientôt éclaircis, car le Roi, quelque temps après, commanda qu'on l'amenât. À une demi-heure de là je vis entrer, au milieu d'une troupe de signes qui portaient la fraise et le haut-de-chausses un petit homme bâti presque tout comme moi, car il marchait à deux pieds ; sitôt qu'il m'aperçut, il m'aborda par un *criado de muestra mercede*. Je lui ripostai sa révérence à peu près en mêmes termes.

Mais, hélas ils ne nous eurent pas plutôt vus parler ensemble qu'ils crurent tous le préjugé véritable ; et cette conjoncture n'avait garde de produire un autre succès, car celui de tous les assistants qui opinait pour trous avec plus de faveur protestait que notre entretien était un grognement que la joie d'être rejoints par un instinct naturel nous faisait bourdonner. Ce petit homme me conta qu'il était européen, natif de la Vieille Castille, qu'il avait trouvé moyen avec des oiseaux de se faire porter jusqu'au monde de la Lune où nous étions à présent ; qu'étant tombé entre les mains de la Reine, elle l'avait pris pour un singe, à cause qu'ils habillent, par hasard, en ce pays-là, les singes à l'espagnole, et que, l'ayant à son arrivée trouvé vêtu de cette façon, elle n'avait point douté qu'il ne fût de l'espèce.

« Il faut bien dire, lui répliquai-je, qu'après leur avoir essayé toutes sortes d'habits, ils n'en ont point rencontré de plus ridicule et que c'était pour cela qu'ils les équipent de la sorte, n'entretenant ces animaux que pour se donner du plaisir.

— Ce n'est pas connaître, dit-il, la dignité de notre nation en faveur de qui l'univers ne produit des hommes que pour nous donner des esclaves, et pour qui la nature ne saurait engendrer que des matières de rire. » Il me supplia ensuite de lui apprendre comment je m'étais osé hasarder de gravir à la Lune avec la machine dont je lui avais parlé ; je lui répondis que c'était à cause qu'il avait emmené les oiseaux sur lesquels j'y pensais aller. Il sourit de cette



29

raillerie, et environ un quart d'heure après le Roi commanda aux gardeurs de singes de nous ramener, avec ordre exprès de nous faire coucher ensemble, l'Espagnol et moi, pour faire en son royaume multiplier notre espèce.

On exécuta de point en point la volonté du prince, de quoi je fus très aise pour le plaisir que je recevais d'avoir quelqu'un qui m'entretînt pendant la solitude de ma brutification. Un jour, mon mâle (car on me tenait pour la femelle) me conta que ce qui l'avait véritablement obligé de courir toute la Terre, et enfin de l'abandonner pour la Lune, était qu'il n'avait pu trouver un seul pays où l'imagination même fût en liberté.

« Voyez-vous, me dit-il, à moins de porter un bonnet carré, un chaperon ou une soutane, quoi que vous puissiez dire de beau, s'il est contre les principes de ces docteurs de drap, vous êtes un idiot, un fou, ou un athée. On m'a voulu mettre en mon pays à l'Inquisition pour ce qu'à la barbe des pédants aheurtés j'avais soutenu qu'il y avait du vide dans la nature et que je ne connaissais point de matière au monde plus pesante l'une que l'autre. »


Je lui demandai de quelles probabilités il appuyait une opinion si peu reçue.

« Il faut, me répondit-il, pour en venir à bout, supposer qu'il n'y a qu'un élément ; car, encore que nous voyions de l'eau, de l'air et du feu séparés, on ne les trouve jamais pourtant si parfaitement purs qu'ils ne soient encore engagés les uns avec les autres. Quand, par exemple, vous regardez du feu, ce n'est pas du feu, ce n'est rien que de l'air beaucoup étendu, l'air n'est que de l'eau fort dilatée, l'eau n'est que de la terre qui se fond, et la Terre elle-même n'est autre chose que de l'eau beaucoup resserrée ; et ainsi à pénétrer sérieusement la matière, vous trouverez qu'elle n'est qu'une, qui, comme une excellente comédienne, joue ici-bas toutes sortes de personnages, sous toutes sortes d'habits. Autrement il faudrait admettre autant d'éléments qu'il y a de sortes de corps, et si vous me demandez pourquoi donc le feu brûle et l'eau refroidit, vu que ce n'est qu'une même matière, je vous réponds que cette matière agit par sympathie, selon la disposition où elle se trouve dans le temps qu'elle agit. Le feu, qui n'est rien que de la terre encore plus répandue qu'elle ne l'est pour constituer l'air, tâche à changer en elle par sympathie ce qu'elle rencontre. Ainsi la chaleur du charbon, étant le feu le plus subtil et le plus propre à pénétrer un corps, se glisse entre les pores de notre masse, nous fait dilater au commencement, parce que c'est une nouvelle matière qui nous remplit, nous fait exhaler en sueur ; cette sueur étendue par le feu se convertit en fumée et devient air ; cet air encore davantage fondu par la chaleur de l'antipéristase, ou des astres qui l'avoisinent, s'appelle feu, et la Terre abandonnée par le froid et par l'humide qui liaient toutes nos parties tombe en terre. L'eau d'autre part, quoiqu'elle ne diffère de la matière du feu qu'en ce qu'elle est plus serrée, ne nous brûle pas, à cause qu'étant serrée elle demande par sympathie à resserrer les corps qu'elle rencontre, et le froid que nous sentons n'est autre chose que l'effet de notre chair qui se replie sur elle-même par le voisinage de la terre ou de l'eau qui la contraint de lui ressembler. De là vient que les hydropiques remplis d'eau changent en eau toute la nourriture qu'ils prennent ; de là vient que les bilieux changent en bile tout le sang que forme leur foie. Supposé donc qu'il n'y ait qu'un seul élément, il est certissime que tous les corps, chacun selon sa quantité, inclinent également au centre de la Terre.

Mais vous me demanderez pourquoi donc l'or, le fer, les métaux, la terre, le bois, descendent plus vite à ce centre qu'une éponge, si ce n'est à cause qu'elle est pleine d'air qui tend naturellement en haut ? Ce n'est point du tout la raison, et voici comment je vous réponds : Quoiqu'une roche tombe avec plus de rapidité qu'une plume, l'une et l'autre ont même inclination pour ce voyage ; mais un boulet de canon, par exemple, s'il trouvait la Terre percée à jour se précipiterait plus vite à son cœur qu'une vessie grosse de vent ; et la raison est que cette masse de métal est beaucoup de terre recognée en un petit canton, et que ce vent est fort peu de terre étendue en beaucoup d'espace ; car toutes les parties de la matière qui loge dans ce fer, embrassées qu'elles sont les unes aux autres, augmentent leur force par l'union, à cause que, s'étant resserrées, elles se trouvent à la fin beaucoup à combattre contre peu, vu qu'une parcelle d'air, égale en grosseur au boulet, n'est pas égale en quantité, et qu'ainsi, pliant sous le faix de gens plus nombreux qu'elle et aussi hâtés, elle se laisse enfoncer pour leur laisser le chemin libre.

Sans prouver ceci par une enfilure de raisons, comment, par votre foi, une pique, une épée, un poignard, nous blessent-ils si ce n'est à cause que l'acier étant une matière où les parties sont plus proches et plus enfoncées les unes dans les autres que non pas votre chair, dont les pores et la mollesse montrent qu'elle contient fort peu de terre répandue en un grand lieu, et que la pointe de fer qui nous pique étant une quantité presque innombrable de matière contre fort peu de chair, il la contraint de céder au plus fort, de même qu'un escadron bien pressé pénètre une face entière de bataille qui est de beaucoup d'étendue, car pourquoi une loupe d'acier embrasée est-elle plus chaude qu'un tronçon de bois allumé ? si ce n'est qu'il y a plus de feu dans la loupe en peu d'espace, y en ayant d'attaché à toutes les parties du morceau de métal que dans le bâton qui, pour être fort spongieux, enferme par conséquent beaucoup de vide, et que le vide, n'étant qu'une privation de l'être, ne peut pas être susceptible de la forme du feu. Mais, m'objecterez-vous, vous supposez du vide comme si vous l'aviez prouvé, et c'est cela dont nous sommes en dispute ! Eh bien, je vais donc vous le prouver, et quoique cette difficulté soit la sœur du nœud gordien, j'ai les bras assez bons pour en devenir l'Alexandre.

Qu'il me réponde donc, je l'en supplie, cet hébété vulgaire qui ne croit être homme que parce qu'un docteur lui a dit. Supposé qu'il n'y ait qu'une matière, comme je pense l'avoir assez prouvé, d'où vient qu'elle se relâche et se restreint selon son appétit ? D'où vient qu'un morceau de Terre, à force de se condenser, s'est fait caillou ? Est-ce que les parties de ce caillou se sont placées les unes dans les autres en telle sorte que, là où s'est fiché ce grain de sablon, là même et dans le même point loge un autre grain de sablon ? Non, cela ne se peut, et selon leur principe même puisque les corps ne se pénètrent point ; mais il faut que cette matière se soit rapprochée, et, si vous le voulez, raccourcie en remplissant le vide de sa maison.

De dire que cela n'est pas compréhensible qu'il y eût du rien dans le monde, que nous fussions en partie composés de rien : eh ! pourquoi non ? Le monde entier n'est-il pas enveloppé de rien ?

Puisque vous m'avouez cet article, confessez donc qu'il est aussi aisé que le monde ait du rien dedans soi qu'autour de soi.

Je vois fort bien que vous me demandez pourquoi donc l'eau restreinte par la gelée dans un vase le fait crever, si ce n'est pour empêcher qu'il se fasse du vide ? Mais je réponds que cela n'arrive qu'à cause que l'air de dessus qui tend aussi bien que la terre et l'eau au centre, rencontrant sur le droit chemin de ce pays une hôtellerie vacante, y va loger ; s'il trouve les pores de ce vaisseau, c'est-à-dire les chemins qui conduisent à cette chambre de vide trop étroits, trop longs et trop tortus, il satisfait en le brisant à son impatience pour arriver plus tôt au gîte.

Mais, sans m'amuser à répondre à toutes leurs objections, j'ose bien dire que s'il n'y avait point de vide il n'y aurait point de mouvement, ou il faut admettre la pénétration des corps, car il serait trop ridicule de croire que, quand une mouche pousse de l'aile une parcelle d'air, cette parcelle en fait reculer devant elle une autre, cette autre encore une autre, et qu'ainsi l'agitation du petit orteil d'une puce allât faire une bosse derrière le monde. Quand ils n'en peuvent plus, ils ont recours à la raréfaction ; mais, par leur foi, comme se peut-il faire quand un corps se raréfie, qu'une particule de la masse s'éloigne d'une autre particule, sans laisser ce milieu vide ?

N'aurait-il pas fallu que ces deux corps qui se viennent de séparer eussent été en même temps au même lieu où était celui-ci, et que de la sorte ils se fussent pénétrés tous trois ? Je m'attends bien que vous me demanderez pourquoi donc par un chalumeau, une seringue ou une pompe, on fait monter l'eau contre son inclination : mais je vous répondrai qu'elle est violentée, et que ce n'est pas la peur qu'elle a du vide qui l'oblige à se détourner de son chemin, mais qu'étant jointe avec l'air d'une nuance imperceptible, elle s'élève quand on élève en haut l'air qui la tient embrassée.

Cela n'est pas fort épineux à comprendre pour qui connaît le cercle parfait et la délicate enchaînure des éléments ; car, si vous considérez attentivement ce limon qui fait le mariage de la Terre et de l'eau, vous trouverez qu'il n'est plus Terre, qu'il n'est plus eau, mais qu'il est l'entremetteur du contrat de ces deux ennemis ; l'eau tout de même avec l'air s'envoient réciproquement un brouillard qui penche aux humeurs de l'un et de l'autre pour moyenner leur paix, et l'air se réconcilie avec le feu par le moyen d'une exhalaison médiatrice qui les unit. » Je pense qu'il voulait encore parler ; mais on nous apporta notre mangeaille, et parce que nous avions faim, je fermai les oreilles et lui la bouche pour ouvrir l'estomac.

Il me souvient qu'une autre fois, comme nous philosophions, car nous n'aimions guère ni l'un ni l'autre à nous entretenir de choses frivoles et basses :

« Je suis bien fâché, dit-il, de voir un esprit de la trempe du vôtre infecté des erreurs du vulgaire. Il faut donc que vous sachiez, malgré le pédantisme d'Aristote, dont retentissent aujourd'hui toutes les classes de votre France, que tout est en tout, c'est-à-dire que dans l'eau par exemple, il y a du feu ; dedans le feu, de l'eau ; dedans l'air, de la terre, et dedans la terre, de l'air. Quoique cette opinion fasse écarquiller les yeux aux scolaires, elle est plus aisée à prouver qu'à persuader. Je leur demande premièrement si l'eau n'engendre pas du poisson ; quand ils me le nieront, je leur ordonnerai de creuser un fossé, le remplir du sirop de l'aiguière, qu'ils passeront encore s'ils veulent à travers un bluteau pour échapper aux objections des aveugles ; et je veux, en cas qu'ils n'y trouvent du poisson dans quelque temps, avaler toute l'eau qu'ils y auront versée, mais s'ils y en trouvent, comme je n'en doute point, c'est une preuve convaincante qu'il y a du sel et du feu. Par conséquent, de trouver ensuite de l'eau dans le feu ce n'est pas une entreprise fort difficile.

Car qu'ils choisissent le feu même le plus détaché de la matière comme les comètes. Il y en a toujours, et beaucoup, puisque si cette humeur onctueuse dont ils sont engendrés, réduite en soufre par la chaleur de l'antipéristase qui les allume, ne trouvait un obstacle à sa violence dans l'humide froideur qui la tempère et la combat, elle se consommerait brusquement comme un éclair. Qu'il y ait maintenant de l'air dans la Terre, ils ne le nieront pas, ou bien ils n'ont jamais entendu parler des frissons effroyables dont les montagnes de Sicile ont été si souvent agitées. Outre cela, nous voyons la Terre toute poreuse, jusqu'aux grains de sablon qui la composent. Cependant personne n'a dit encore que ces creux fussent remplis de vide : on ne trouvera donc pas mauvais que l'air y fasse son domicile. Il



33

me reste à prouver que dans l'air il y a de la Terre, mais je n'en daigne quasi pas prendre la peine, puisque vous en êtes convaincu autant de fois que vous voyez battre sur vos têtes ces légions d'atomes si nombreuses qu'elles en étouffent l'arithmétique.

Mais passons des corps simples aux composés : ils me fourniront des sujets beaucoup plus fréquents pour montrer que toutes choses sont en toutes choses, non point qu'elles se changent les unes aux autres, comme le gazouillent vos péripatéticiens ; car je veux soutenir à leur barbe que les principes se mêlent, se séparent et se remêlent derechef en telle sorte que ce qui a une fois été fait eau par le sage Créateur du monde le sera toujours, je ne suppose point, à leur mode, de maxime que je ne prouve.

C'est pourquoi prenez, je vous prie, une bûche ou quelque autre matière combustible, et mettez-y le feu : ils diront, eux, quand elle sera embrassée, que ce qui était bois est devenu feu. Mais je leur soutiens que non, moi, et qu'il n'y a point davantage de feu maintenant qu'elle est tout en flammes, que tantôt auparavant qu'on en eût approché l'allumette ; mais celui qui était caché dans la bûche que le froid et l'humide empêchaient de s'étendre et d'agir, secouru par l'étranger, a rallié ses forces contre le flegme qui l'étouffait, et s'est emparé du champ qu'occupait son ennemi ; aussi se montre-t-il sans obstacles et triomphant de son geôlier. Ne voyez-vous pas comme l'eau s'enfuit par les deux bouts du tronçon, chaude et fumante encore du combat qu'elle a rendu ? Cette flamme que vous voyez en haut est le feu le plus subtil, le plus dégagé de la matière, et le plus tôt prêt par conséquent à retourner chez soi. Il s'unit pourtant en pyramide jusqu'à certaine hauteur pour enfoncer l'épaisse humidité de l'air qui lui résiste ; mais, comme il vient en montant à se dégager peu à peu de la violente compagnie de ses hôtes, alors il prend le large parce qu'il ne rencontre plus rien d'antipathique à son passage, et cette négligence est bien souvent la cause d'une seconde prison ; car, lui qui chemine séparé s'égarera quelquefois dans un nuage. S'ils s'y rencontrent, d'autres feux en assez grand nombre pour faire tête à la vapeur, ils se joignent, ils grondent, ils tonnent, ils foudroient, et la mort des innocents est bien souvent l'effet de la colère animée des choses mortes. Si, quand il se trouve embarrassé dans ces crudités importunes de la moyenne région, il n'est pas assez fort pour se défendre, il s'abandonne à la discrétion de la nue qui, contrainte par sa pesanteur de retomber en terre, y mène son prisonnier avec elle, et ce malheureux, enfermé dans une goutte d'eau, se rencontrera peut-être au pied d'un chêne, de qui le feu animal invitera ce pauvre égaré de se loger avec lui. Ainsi le voilà recouvrant le même sort dont il était parti quelques jours auparavant.

Mais voyons la fortune des autres éléments qui composaient cette bûche. L'air se retire à son quartier encore pourtant mêlé de vapeurs, à cause que le feu tout en colère les a brusquement chassés pêle-mêle. Le voilà donc qui sert de ballon aux vents, fournit aux animaux de respiration, remplit le vide que la nature fait, et possible encore que, s'étant enveloppé dans une goutte de rosée, il sera sucé et digéré par les feuilles altérées de cet arbre, où s'est retiré notre feu. L'eau que la flamme avait chassée de ce trône, élevée par la chaleur jusqu'au berceau des météores, retombera en pluie sur notre chêne aussi tôt que sur un autre, et la Terre devenue cendre, guérie de sa stérilité par la chaleur nourrissante d'un fumier où on l'aura jetée, par le sel végétatif de quelques plantes voisines, par l'eau féconde des rivières, se rencontrera peut-être près de ce chêne qui, par la chaleur de son germe, l'attirera, et en fera une partie de son tout.

De cette façon voilà ces quatre éléments qui recouvrent le même sort dont ils étaient partis quelques jours auparavant. De cette façon, dans un homme il y a tout ce qu'il faut pour composer un arbre, de cette façon dans un arbre il y a tout ce qu'il faut pour composer un homme.

Enfin de cette façon toutes choses se rencontrent en toutes choses ; mais il nous manque un Prométhée pour faire cet extrait. »

Voilà les choses à peu près dont nous amusions le temps ; et véritablement ce petit Espagnol avait l'esprit joli. Notre entretien n'était que la nuit, à cause que dès six heures du matin jusqu'au soir la grande foule de monde qui nous venait contempler à notre logis nous eût détournés ; d'aucuns nous jetaient des pierres, d'autres des noix, d'autres de l'herbe. Il n'était bruit que des bêtes du Roi.

On nous servait tous les jours à manger à nos heures, et le Roi et la Reine prenaient plaisir eux-mêmes assez souvent en la peine de me tâter le ventre pour connaître si je n'emplissais point, car ils brûlaient d'une envie extraordinaire d'avoir de la race de ces petits animaux. Je ne sais si ce fut pour avoir été plus attentif que mon mâle à leurs simagrées et à leurs tons ; tant y a que j'appris à entendre leur langue et l'écorcher un peu. Aussitôt les nouvelles coururent par tout le royaume qu'on avait trouvé deux hommes sauvages, plus petits que les autres, à cause des mauvaises nourritures que la solitude nous avait fournies, et qui, par un défaut de la semence de leurs pères, n'avaient pas eu les jambes de devant assez fortes pour s'appuyer dessus.

Cette créance allait prendre racine à force de cheminer, sans les prêtres du pays qui s'y opposèrent, disant que c'était une impiété épouvantable de croire que non seulement des bêtes, mais des monstres fussent de leur espèce.

Il y aurait bien plus d'apparence, ajoutaient les moins passionnés, que nos animaux domestiques participassent au privilège de l'humanité et de l'immortalité par conséquent, à cause qu'ils sont nés dans notre pays, qu'une bête monstrueuse qui se dit née je ne sais où dans la Lune ; et puis considérez la différence qui se remarque entre nous et eux. Nous autres, nous marchons à quatre pieds, parce que Dieu ne se voulut pas fier d'une chose si précieuse à une moins ferme assiette ; il eut peur qu'il arrivât fortune de l'homme ; c'est pourquoi il prit lui-même la peine de l'asseoir sur quatre piliers, afin qu'il ne pût tomber ; mais dédaigna de se mêler de la construction de ces deux brutes, il les abandonna au caprice de la nature, laquelle, ne craignant pas la perte de si peu de chose, ne les appuya que sur deux pattes. Les oiseaux mêmes, disaient-ils, n'ont pas été si maltraités qu'elles, car au moins ils ont reçu des plumes pour subvenir à la faiblesse de leurs pieds, et se jeter en l'air quand nous les éconduirions de chez nous ; au lieu que la nature en ôtant les deux pieds à ces monstres les a mis en état de ne pouvoir échapper à notre justice.

Voyez un peu outre cela comme ils ont la tête tournée devers le ciel ! C'est la disette où Dieu les a mis de toutes choses qui les a situés de la sorte, car cette position suppliante témoigne qu'ils cherchent au ciel pour se plaindre à Celui qui les a créés, et qu'ils lui demandent permission de s'accommoder de nos restes. Mais nous autres nous avons la tête penchée en bas pour contempler les biens dont nous sommes seigneurs, et comme n'y ayant rien au ciel à qui notre heureuse condition puisse porter envie.

J'entendais tous les jours, à ma loge, les prêtres faire ces contes-là ou de semblables ; enfin ils bridèrent si bien la conscience des peuples sur cet article qu'il fut arrêté que je ne passerais tout au plus que pour un perroquet plumé ; ils confirmaient les persuadés sur ce que non plus qu'un oiseau je n'avais que deux pieds. On me mit donc en cage par ordre exprès du Conseil d'en haut.

Là tous les jours l'oiseleur de la Reine prenait le soin de me venir siffler la langue comme on fait ici aux sansonnets, j'étais heureux à la vérité en ce que ma volière ne manquait point de mangeaille. Cependant parmi les sornettes dont les regardants me rompaient les oreilles, j'appris à parler comme eux.

Quand je fus assez rompu dans l'idiome pour exprimer la plupart de mes conceptions, j'en contai des plus belles. Déjà les compagnies ne s'entretenaient plus que de la gentillesse de mes bons mots, et l'estime qu'on faisait de mon esprit vint jusque-là que le clergé fut contraint de faire publier un arrêt, par lequel on défendait de croire que j'eusse de la raison, avec un commandement très exprès à toutes personnes de quelque qualité et condition qu'elles fussent, de s'imaginer, quoi que je pusse faire de spirituel, que c'était l'instinct qui me le faisait faire.

Cependant la définition de ce que j'étais partagea la ville en deux factions. Le parti qui soutenait en ma faveur grossissait tous les jours. Enfin en dépit de l'anathème et de l'excommunication des prophètes qui tâchaient par là d'épouvanter le peuple, mes sectateurs demandèrent une assemblée des États, pour résoudre cet accroc de religion. On fut longtemps sur le choix de ceux qui opineraient ; mais les arbitres pacifièrent l'animosité par le nombre des intéressés qu'ils égalèrent. On me porta tout brandi dans la salle de justice où je fus sévèrement traité des examinateurs. Ils m'interrogèrent entre autres choses de philosophie : je leur exposai tout à la bonne foi ce que jadis mon régent m'en avait appris, mais ils ne mirent guère à me la réfuter par beaucoup de raisons très convaincantes à la vérité. Quand je me vis tout à fait convaincu, j'alléguai pour dernier refuge les principes d'Aristote qui ne me servirent pas davantage que ces sophismes ; car en deux mots ils m'en découvrirent la fausseté.

Aristote, me dirent-ils, accommodait des principes à sa philosophie, au lieu d'accommoder sa philosophie aux principes. Encore, ces principes, les devait-il prouver au moins plus raisonnables que ceux des autres sectes, ce qu'il n'a pu faire. C'est pourquoi le bon homme ne trouvera pas mauvais si nous lui baisons les mains.

Enfin comme ils virent que je ne leur clabaudais autre chose, sinon qu'ils n'étaient pas plus savants qu'Aristote, et qu'on m'avait défendu de discuter contre ceux qui riaient les principes, ils conclurent tous d'une commune voix que je n'étais pas un homme, mais possible quelque espèce d'autruche, vu que je portais comme elle la tête droite, de sorte qu'il fut ordonné à l'oiseleur de me reporter en cage. J'y passais mon temps avec assez de plaisir, car à cause de leur langue que je possédais correctement, toute la cour se divertissait à me faire jaser.

Les filles de la Reine entre autres fourraient toujours quelque bribe dans mon panier ; et la plus gentille de toutes avait conçu quelque amitié pour moi. Elle était si transportée de joie lorsque, étant en secret, je lui découvrais les mystères de notre religion, et principalement quand je lui parlais de nos cloches et de nos reliques, qu'elle me protestait les larmes aux yeux que si jamais je me trouvais en état de revoler à notre monde, elle me suivrait de bon cœur.

Un jour de grand matin, je m'éveillai en sursaut, je la vis qui tambourinait contre les bâtons de ma cage :

« Réjouissez-vous, me dit-elle, hier dans le Conseil on conclut la guerre contre le grand roi. J'espère parmi l'embarras des préparatifs, cependant que notre monarque et ses sujets seront éloignés, faire naître l'occasion de vous sauver.

– Comment, la guerre ? l'interrompis-je aussitôt.



37

Arrive-t-il des querelles entre les princes de ce monde ici comme entre ceux du nôtre ? Eh ! je vous prie, exposez-moi leur façon de combattre.

– Quand les arbitres, reprit-elle, élus au gré des deux parties, ont désigné le temps accordé pour l'armement, celui de la marche, le nombre des combattants, le jour et le lieu de la bataille, et tout cela avec tant d'égalité qu'il n'y a pas dans une armée un seul homme plus que dans l'autre, les soldats estropiés d'un côté sont tous enrôlés dans une compagnie, et lorsqu'on en vient aux mains, les maréchaux de camp ont soin de les opposer aux estropiés de l'autre côté, les géants ont en tête les colosses ; les escrimeurs, les adroits, les vaillants, les courageux ; les débiles, les faibles ; les indisposés, les malades ; les robustes, les forts ; et si quelqu'un entreprenait de frapper un autre que son ennemi désigné, à moins qu'il pût justifier que c'était par méprise, il est condamné de couard.

Après la bataille donnée on compte les blessés, les morts, les prisonniers ; car pour de fuyards, il ne s'en voit point ; si les pertes se trouvent égales de part et d'autre, ils tirent à la courte paille à qui se proclamera victorieux. Mais encore qu'un roi eût défait son ennemi de bonne guerre, ce n'est encore rien fait, car il y a d'autres armées peu nombreuses de savants et d'hommes d'esprit, des disputes desquelles dépend entièrement le vrai triomphe ou la servitude des États.

Un savant est opposé à un autre savant, un spirituel à un autre spirituel, et un judicieux à un autre judicieux. Au reste le triomphe que remporte un État en cette façon est compté pour trois victoires à force ouverte. La nation proclamée victorieuse, on rompt l'assemblée, et le peuple vainqueur choisit pour être son roi ou celui des ennemis ou le sien. » Je ne pus m'empêcher de rire de cette façon scrupuleuse de donner des batailles ; et j'alléguais pour exemple d'une bien plus forte politique les coutumes de notre Europe, où le monarque n'avait garde d'omettre aucun de ses avantages pour vaincre ; et voici comme elle me parla :

« Apprenez-moi, me dit-elle, vos princes ne prétextent-ils leurs armements que du droit de force ?

– Si fait, lui répliquai-je, de la justice de leur cause.

– Pourquoi donc, continua-t-elle, ne choisissent-ils des arbitres non suspects pour être accordés ? Et s'il se trouve qu'ils aient autant de droit l'un que l'autre, qu'ils demeurent comme ils étaient, ou qu'ils jouent en un coup de piquet la ville ou la province dont ils sont en dispute ? Et cependant qu'ils font casser la tête à plus de quatre millions d'hommes qui valent mieux qu'eux, ils sont dans leur cabinet à goguenarder sur les circonstances du massacre de ces badauds. Mais je me trompe de blâmer ainsi la vaillance de vos braves sujets : ils font bien de mourir pour leur patrie ; l'affaire est importante, car il s'agit d'être le vassal d'un roi qui porte une fraise ou de celui qui porte un rabat.

– Mais vous, lui repartis-je, pourquoi toutes ces circonstances en votre façon de combattre ? Ne suffit-il pas que les armées soient pareilles en nombre d'hommes ?

– Vous n'avez guère de jugement, me répondit-elle. Croiriez-vous, par votre foi, ayant vaincu sur le pré votre ennemi seul à seul, l'avoir vaincu de bonne guerre, si vous étiez maillé et lui non ; s'il n'avait qu'un poignard, et vous une estocade ; enfin, s'il était manchot, et que vous eussiez deux bras ?

– Cependant avec toute l'égalité que vous recommandez tant à vos gladiateurs, ils ne se battent jamais pareils, car l'un sera de grande, l'autre de petite taille ; l'un sera adroit, l'autre n'aura jamais manié d'épée ; l'un sera robuste, l'autre faible ; et quand même ces disproportions seraient égalées, qu'ils seraient aussi grands, aussi adroits et aussi forts l'un que l'autre, encore ne seraient-ils pas pareils, car l'un des deux aura peut-être plus de courage que l'autre ; et sous ombre que ce brutal ne considérera pas le péril, qu'il sera bilieux, et qu'il aura plus de sang, qu'il aura le cœur plus serré, avec toutes ces qualités qui font le courage, comme si ce n'était pas, aussi bien qu'une épée, une arme que son ennemi n'a point, il s'ingère de se ruer éperdument sur lui, de l'effrayer, et d'ôter la vie à ce pauvre homme qui prévoit le danger, dont la chaleur est étouffée dans la pituite, de qui le cœur est trop vaste pour unir les esprits nécessaires à dissiper cette glace qu'on nomme poltronnerie. Ainsi vous louez cet homme d'avoir tué son ennemi avec avantage, et, le louant de hardiesse, vous le louez d'un péché contre nature, puisque la hardiesse tend à sa destruction.

– Vous saurez qu'il y a quelques années qu'on fit une remontrance au Conseil de guerre, pour apporter un règlement plus circonspect et plus consciencieux dans les combats, car le philosophe qui donnait l'avis parlait ainsi :

« Vous vous imaginez, Messieurs, avoir bien égalé les avantages des deux ennemis, quand vous les avez choisis tous deux raides, tous deux grands, tous deux adroits, tous deux pleins de courage ; mais ce n'est pas encore assez, puisqu'il faut enfin que le vainqueur surmonte par adresse, par force ou par fortune. Si ç'a été par adresse, il a frappé sans doute son adversaire par un endroit où il ne l'attendait pas, ou plus vite qu'il n'était vraisemblable ; ou, feignant de l'attaquer d'un côté, il l'a assailli de l'autre. Tout cela, c'est affiner, c'est tromper, c'est trahir. Or la finesse, la tromperie, la trahison ne doivent pas faire l'estime d'un véritable généreux. S'il a triomphé par force, estimerez-vous son ennemi vaincu, puisqu'il a été violenté ? Non, sans doute, non plus que vous ne direz pas qu'un homme ait perdu la victoire, encore qu'il soit accablé de la chute d'une montagne, parce qu'il n'a pas été en puissance de la gagner. Tout de même celui-là n'a point été surmonté, à cause qu'il ne s'est pas trouvé dans ce moment disposé à pouvoir résister aux violences de son adversaire. Si ç'a été par hasard qu'il a terrassé son ennemi, c'est la fortune et non pas lui que l'on doit couronner : il n'y a rien contribué ; et enfin le vaincu n'est non plus blâmable que le joueur de dés, qui sur dix-sept points en voit faire dix-huit. »

On lui confessa qu'il avait raison, mais qu'il était impossible, selon les apparences humaines, d'y mettre ordre, et qu'il valait mieux subir un petit inconvénient que de s'abandonner à mille de plus grande importance. Elle ne m'entretint pas cette fois davantage, parce qu'elle craignait d'être trouvée toute seule avec moi, et si matin. Ce n'est pas qu'en ce pays l'impudicité soit un crime ; au contraire, hors les coupables convaincus, tout homme a pouvoir sur toute femme, et une femme tout de même pourrait appeler un homme en justice qui l'aurait refusée.

Mais elle ne m'osait pas fréquenter publiquement à ce qu'elle me dit, à cause que les prêtres avaient prêché au dernier sacrifice que c'étaient les femmes principalement qui publiaient que j'étais homme, afin de couvrir sous ce prétexte le désir exécrable qui les brûlait de se mêler aux bêtes, et de commettre avec moi sans vergogne des péchés contre nature. Cela fut cause que je demeurai longtemps sans la voir, ni pas une du sexe.

Cependant il fallait bien que quelqu'un eût réchauffé les querelles de la définition de mon être, car comme je ne songeais plus qu'à mourir en cage, on me vint quérir encore une fois, pour me donner audience. Je fus donc interrogé, en présence de force courtisans sur quelque point de physique, et mes réponses, à ce que je crois, satisfirent aucunement, car, d'un accent non magistral, celui qui présidait m'exposa fort au long ses opinions sur la structure du monde. Elles me semblèrent ingénieuses ; et sans qu'il passât jusqu'à son origine qu'il soutenait éternelle, j'eusse trouvé sa philosophie beaucoup plus raisonnable que la nôtre. Mais sitôt que je l'entendis soutenir une rêverie si contraire à ce que la foi nous apprend, je lui demandai ce qu'il pourrait répondre à l'autorité de Moïse et que ce grand patriarche avait dit expressément que Dieu l'avait créée en six jours. Cet ignorant ne fit que rire au lieu de me répondre. Je ne pus alors m'empêcher de lui dire que, puisqu'il en venait là, je commençais à croire que leur monde n'était qu'une Lune. « Mais, me dirent-ils tous, vous y voyez de la Terre, des forêts, des rivières, des mers, que serait-ce donc tout cela ?

— N'importe, repartis-je, Aristote assure que ce n'est que la Lune ; et si vous aviez dit le contraire dans les classes où j'ai fait mes études, on vous aurait sifflé. »

Il se fit sur cela un grand éclat de rire. Il ne faut pas demander si ce fût de leur ignorance et l'on me reconduisit dans ma cage.

Les prêtres, cependant, furent avertis que j'avais osé dire que la Lune était un monde dont je venais, et que leur monde n'était qu'une lune. Ils crurent que cela leur fournissait un prétexte assez juste pour me faire condamner à l'eau : c'était la façon d'exterminer les athées. Ils vont en corps à cette fin faire leur plainte au Roi qui leur promet justice ; on ordonne que je serais remis sur la sellette.

Me voilà donc décagé pour la troisième fois ; le grand pontife prit la parole et plaida contre moi. Je ne me souviens pas de sa harangue, à cause que j'étais trop épouvanté pour recevoir les espèces de la voix sans désordre, et parce aussi qu'il s'était servi pour déclamer d'un instrument dont le bruit m'étourdissait : c'était une trompette qu'il avait tout exprès choisie, afin que la violence de ce ton martial échauffât leurs esprits à ma mort, et afin d'empêcher par cette émotion que le raisonnement ne pût faire son office, comme il arrive dans nos armées, où ce tintamarre de trompettes et de tambours empêche le soldat de réfléchir sur l'importance de sa vie.

Quand il eut dit, je me levai pour défendre ma cause, mais j'en fus délivré de la peine par une aventure que vous allez entendre. Comme j'avais déjà la bouche ouverte, un homme, qui avait eu grande difficulté à traverser la foule, vint choir aux pieds du Roi, et se traîna longtemps sur le dos.

Cette façon de faire ne me surprit pas, car je savais bien dès longtemps que c'était la posture où ils se mettaient quand ils voulaient discourir en public. Je rengainai seulement ma harangue, et voici celle que nous eûmes de lui :

« Justes, écoutez-moi ! vous ne sauriez condamner cet homme, ce singe, ou ce perroquet, pour avoir dit que la Lune était un monde d'où il venait ; car s'il est homme, quand même il ne serait pas venu de la Lune, puisque tout homme est libre, ne lui est-il pas libre de s'imaginer ce qu'il voudra ? Quoi ! pouvez-vous le contraindre à n'avoir que vos visions ? Vous le forcerez bien à dire qu'il croit que la Lune n'est pas un monde, mais il ne le croira pas pourtant ; car pour croire quelque chose, il faut qu'il se présente à son imagination certaines possibilités plus grandes au oui qu'au non de cette chose ; ainsi, à moins que vous ne lui fournissiez ce vraisemblable, ou qu'il n'y vienne de soi-même s'offrir à son esprit, il vous dira bien qu'il croit, mais il ne croira pas pour cela.

J'ai maintenant à vous prouver qu'il ne doit pas être condamné, si vous le posez dans la catégorie des bêtes.

Car supposez qu'il soit animal sans raison, quelle raison vous-même avez-vous de l'accuser d'avoir péché contre elle ? Il a dit que la Lune était un monde ; or les brutes n'agissent que par un instinct de nature ; donc c'est la nature qui le dit, et non pas lui. De croire maintenant que cette savante nature qui a fait et la Lune et ce monde-ci ne sache elle-même ce que c'est et que vous autres, qui n'avez de connaissance que ce que vous en tenez d'elle, le sachiez plus certainement, cela serait bien ridicule.

Mais quand même la passion vous faisant renoncer à vos premiers principes, vous supposeriez que la nature ne guidât point les brutes, rougissez à tout le moins des inquiétudes que vous causent les cabrioles d'une bête. En vérité, Messieurs, si vous rencontriez un homme d'âge mûr qui veillât à la police d'une fourmilière, pour tantôt donner un soufflet à la fourmi qui aurait fait choir sa compagne, tantôt en emprisonner une qui aurait dérobé à sa voisine un grain de blé, tantôt mettre en justice une autre qui aurait abandonné ses œufs, ne l'estimeriez-vous pas insensé de vaquer à des choses trop au-dessous de lui, et de prétendre assujettir à la raison des animaux qui n'en ont pas l'usage ?

Comment donc, vénérables pontifes, appellerez-vous l'intérêt que vous prenez aux cabrioles de ce petit animal ? Justes, j'ai dit. » Dès qu'il eut achevé, une forte musique d'applaudissements fit retentir toute la salle ; et après que les opinions eurent été débattues un gros quart d'heure, voici ce que le Roi prononça :

« Que dorénavant je serais censé homme, comme tel mis en liberté, et que la punition d'être noyé serait modifiée en une amende honteuse car il n'en est point en ce pays-là d'honorable ; dans laquelle amende je me dédirais publiquement d'avoir enseigné que la Lune était un monde, et ce à cause du scandale que la nouveauté de cette opinion aurait pu causer dans l'âme des faibles. » Cet arrêt prononcé, on m'enlève hors du palais, on m'habille par ignominie fort magnifiquement, on me porte sur la tribune d'un superbe chariot ; et traîné que je fus par quatre princes qu'on avait attachés au joug, voici ce qu'ils m'obligèrent de prononcer à tous les carrefours de la ville :

« Peuple, je vous déclare que cette Lune ici n'est pas une Lune, mais un monde ; et que ce monde de là-bas n'est point un monde, mais une Lune. Tel est ce que les Prêtres trouvent bon que vous croyiez. » Après que j'eus crié la même chose aux cinq grandes places de la cité, j'aperçus mon avocat qui me tendait la main pour m'aider à descendre. Je fus bien étonné de reconnaître, quand je l'eus envisagé, que c'était mon ancien démon. Nous fûmes une heure à nous embrasser :

« Et venez-vous-en, me dit-il, chez moi, car de retourner en cour après une amende honteuse, vous n'y seriez pas vu de bon œil. Au reste, il faut que je vous dise que vous seriez encore avec les singes, aussi bien que l'Espagnol, votre compagnon, si je n'eusse publié dans les compagnies la vigueur et la force de votre esprit, et brigué contre les prophètes, en votre faveur, la protection des grands. » La fin de mes remerciements nous vit entrer chez lui ; il m'entretint jusqu'au repas des ressorts qu'il avait fait jouer pour contraindre les prêtres, malgré tous les plus spécieux scrupules dont ils avaient embabouiné la conscience du peuple de lui permettre de m'ouïr. Nous étions assis devant un grand feu à cause que la saison était froide et il allait poursuivre à me raconter (je pense) ce qu'il avait fait pendant que je ne l'avais point vu, mais on nous vint dire que le souper était prêt.

« J'ai prié, continua-t-il, pour ce soir deux professeurs d'académie de cette ville de venir manger avec nous. Je les ferai tomber, sur la philosophie qu'ils enseignent en ce monde-ci, par même moyen vous verrez le fils de mon hôte. C'est un jeune homme autant plein d'esprit que j'en aie jamais rencontré et ce serait un second Socrate s'il pouvait régler ses lumières et ne point étouffer dans le vice les grâces dont Dieu continuellement le visite, et ne plus affecter l'impiété par ostentation. Je me suis logé céans pour épier les occasions de l'instruire. »

Il se tut comme pour me laisser à mon tour la liberté de discourir ; puis il fit signe qu'on me dévêtît les honteux ornements dont j'étais encore tout brillant.

Les deux professeurs que nous attendions entrèrent presque aussitôt, nous fûmes tous quatre ensemble dans le cabinet du souper où nous trouvâmes ce jeune garçon dont il m'avait parlé qui mangeait déjà. Ils lui firent de grandes usalades, et le traitèrent d'un respect aussi profond que d'esclave à seigneur ; j'en demandai la cause à mon démon, qui me repondait que c'était à cause de son âge, parce qu'en ce monde-là les vieux rendaient toute sorte d'honneur et de déférence aux jeunes ; bien plus, que les pères obéissaient à leurs enfants aussitôt que, par l'avis du Sénat des philosophes, ils avaient atteint l'usage de raison.

« Vous vous étonnez, continua-t-il, d'une coutume si contraire à celle de votre pays ? elle ne répugne point toutefois à la droite raison ; car en conscience, dites-moi, quand un homme jeune et chaud est en force d'imaginer, de juger et d'exécuter, n'est-il pas plus capable de gouverner une famille qu'un infirme sexagénaire. Ce pauvre hébété dont la neige de soixante hivers a glacé l'imagination se conduit sur l'exemple des heureux succès et cependant c'est la fortune qui les a rendus tels contre toutes les règles et toute l'économie de la prudence humaine ? Pour du jugement, il en a aussi peu, quoique le vulgaire de votre monde en fasse un apanage à la vieillesse ; et pour le désabuser, il faut qu'il sache que ce qu'on appelle en un vieillard prudence n'est qu'une appréhension panique, une peur enragée de rien entreprendre qui l'obsède. Ainsi, mon fils, quand il n'a pas risqué un danger où un jeune homme s'est perdu, ce n'est pas qu'il en préjugeât la catastrophe, mais il n'avait pas assez de feu pour allumer ces nobles élans qui nous font oser, et l'audace en ce jeune homme était comme un gage de la réussite de son dessein, parce que cette ardeur qui fait la promptitude et la facilité d'une exécution était celle qui le poussait à l'entreprendre.

Pour ce qui est d'exécuter, je ferais tort à votre esprit de m'efforcer à le convaincre de preuves.

Vous savez que la jeunesse seule est propre à l'action ; et si vous n'en êtes pas tout à fait persuadé, dites-moi, je vous prie, quand vous respectez un homme courageux, n'est-ce pas à cause qu'il vous peut venger de vos ennemis ou de vos oppresseurs ?

Pourquoi donc le considérez-vous encore, si ce n'est par habitude quand un bataillon de septante janviers a gelé son sang et tué de froid tous les nobles enthousiasmes dont les jeunes personnes sont échauffées pour la justice ? Lorsque vous déférez au fort, n'est-ce pas afin qu'il vous soit obligé d'une victoire que vous ne lui sauriez disputer ? Pourquoi donc vous soumettre à lui, quand la paresse a fondu ses muscles, débilité ses artères, évaporé ses esprits, et sucé la moelle de ses os ! Si vous adoriez une femme, n'était-ce pas à cause de sa beauté ? Pourquoi donc continuer vos génuflexions après que la vieillesse en a fait un fantôme à menacer les vivants de la mort ? Enfin lorsque vous honoriez un homme spirituel, c'était à cause que par la vivacité de son génie il pénétrait une affaire mêlée et la débrouillait, qu'il défrayait par son bien dire l'assemblée du plus haut carat, qu'il digérait les sciences d'une seule pensée et que jamais une belle âme ne forma de plus violents désirs que pour lui ressembler. Et cependant vous lui continuez vos hommages, quand ses organes usés rendent sa tête imbécile et pesante, et lorsqu'en compagnie, il ressemble plutôt par son silence à la statue d'un dieu foyer qu'un homme capable de raison.

Concluez par-là, mon fils, qu'il vaut mieux que les jeunes gens soient pourvus du gouvernement des familles que les vieillards. Certes, vous seriez bien faible de croire qu'Hercule, Achille, Épaminondas, Alexandre et César, qui sont tous morts au deçà de quarante ans, fussent des personnes à qui on ne devait que des honneurs vulgaires, et qu'à un vieux radoteur, parce que le soleil a quatre-vingt-dix fois épié sa moisson, vous lui deviez de l'encens.

Mais, direz-vous, toutes les lois de notre monde font retentir avec soin ce respect qu'on doit aux vieillards ? Il est vrai, mais aussi tous ceux qui ont introduit des lois ont été des vieillards qui craignaient que les jeunes ne les dépossédassent justement de l'autorité qu'ils avaient extorquée et ont fait comme les législateurs aux fausses religions un mystère de ce qu'ils n'ont pu prouver.

Oui, mais, direz-vous, ce vieillard est mon père et le Ciel me promet. une longue vie si je l'honore. Si votre père, ô mon fils, ne vous ordonne rien de contraire aux inspirations du très-Haut, je vous l'avoue ; autrement marchez sur le ventre du père qui vous engendra, trépignez sur le sein de la mère qui vous conçut, car de vous imaginer que ce lâche respect que des parents vicieux ont arraché de votre faiblesse soit tellement agréable au ciel qu'il en allonge pour cela vos fusées, je n'y vois guère d'apparence. Quoi ! Ce coup de chapeau dont vous chatouillez et nourrissez la superbe de votre père crève-t-il un abcès que vous avez dans le côté, répare-t-il votre humide radical, fait-il la cure d'une estocade à travers votre estomac, vous casse-t-il une pierre dans la vessie ? Si cela est, les médecins ont grand tort : au lieu de potions infernales dont ils empestent la vie des hommes, qu'ils n'ordonnent pour la petite vérole trois révérences à jeun, quatre " grand merci " après dîner, et douze " bonsoir, mon père et ma mère " avant que s'endormir. Vous me répliquerez que, sans lui, vous ne seriez pas ; il est vrai, mais aussi lui-même sans votre grand-père n'aurait jamais été, ni votre grand-père sans votre bisaïeul, ni sans vous, votre père n'aurait pas de petit-fils. Lorsque la nature le mit au jour, c'était à condition de rendre ce qu'elle lui prêtait ; ainsi quand il vous engendra, il ne vous donna rien, il s'acquitta ! Encore je voudrais bien savoir si vos parents songeaient à vous quand ils vous firent.

Hélas, point du tout ! Et toutefois vous croyez leur être obligé d'un présent qu'ils vous ont fait sans y penser. Comment ! parce que votre père fut si paillard qu'il ne put résister aux beaux yeux de je ne sais quelle créature, qu'il en fit le marché pour assouvir sa passion et que de leur patrouillis vous fûtes le maçonnage, vous révérerez ce voluptueux comme un des sept sages de Grèce ! Quoi ! parce que cet autre avare acheta les riches biens de sa femme par la façon d'un enfant, cet enfant ne lui doit parler qu'à genoux ? Ainsi votre père fit bien d'être ribaud et cet autre d'être chiche, car autrement ni vous ni lui n'auriez jamais été ; mais je voudrais bien savoir si quand il eut été certain que son pistolet eut pris un rat, s'il n'eût point tiré le coup ? Juste Dieu ! qu'on en fait accroire au peuple de votre monde.

Vous ne tenez, ô mon fils, que le corps de votre architecte mortel ; votre âme part des cieux, qu'il pouvait engainer aussi bien dans un autre fourreau.

Votre père serait possible né votre fils comme vous êtes né le sien. Que savez-vous même s'il ne vous a point empêché d'hériter d'un diadème ? Votre esprit était peut-être parti du ciel à dessein d'animer le roi des Romains au ventre de l'Impératrice ; en chemin, par hasard, il rencontra votre embryon ; pour abréger son voyage, il s'y logea. Non, non, Dieu ne vous eût point rayé du calcul qu'il avait fait des hommes, quand votre père fût mort petit garçon.

Mais qui sait si vous ne seriez point aujourd'hui l'ouvrage de quelque vaillant capitaine, qui vous aurait associé à sa gloire comme à ses biens. Ainsi peut-être vous n'êtes non plus redevable à votre père de la vie qu'il vous a donnée que vous le seriez au pirate qui vous aurait mis à la chaîne,



45

parce qu'il vous nourrirait. Et je veux même qu'il vous eût engendré roi ; un présent perd son mérite, lorsqu'il est fait sans le choix de celui qui le reçoit.

On donna la mort à César, on la donna pareillement à Cassius ; cependant Cassius en est obligé à l'esclave dont il l'impétra, non pas César à ses meurtriers, parce qu'ils le forcèrent de la prendre.

Votre père consulta-t-il votre volonté lorsqu'il embrassa votre mère ? vous demanda-t-il si vous trouviez bon de voir ce siècle-là, ou d'en attendre un autre ? si vous vous contenteriez d'être le fils d'un sot, ou si vous auriez l'ambition de sortir d'un brave homme ? Hélas ! vous que l'affaire concernait tout seul, vous étiez le seul dont on ne prenait point l'avis ! Peut-être qu'alors, si vous eussiez été enfermé autre part que dans la matrice des idées de la nature, et que votre naissance eût été à votre option, vous auriez dit à la Parque : « Ma chère demoiselle, prends le fuseau d'un autre ; il y a fort longtemps que je suis dans le rien, et j'aime mieux demeurer encore cent ans à n'être pas que d'être aujourd'hui pour m'en repentir demain !" Cependant il vous fallut passer par là ; vous eûtes beau piailler pour retourner à la longue et noire maison dont on vous arrachait, on faisait semblant de croire que vous demandiez à téter.

Voilà, à mon fils ! à peu près les raisons qui sont cause du respect que les pères portent à leurs enfants ; je sais bien que j'ai penché du côté des enfants plus que la justice ne demande, et que j'ai parlé en leur faveur un peu contre ma conscience.

Mais, voulant corriger cet insolent orgueil dont les pères bravent la faiblesse de leurs petits, j'ai été obligé de faire comme ceux qui veulent redresser un arbre tortu, ils le retortuent de l'autre côté, afin qu'il revienne également droit entre les deux contorsions. Ainsi j'ai fait restituer aux pères la tyrannique déférence qu'ils avaient usurpée, et leur en ai beaucoup dérobé qui leur appartenait, afin qu'une autre fois ils se contentassent du leur. Je sais bien que j'ai choqué, par cette apologie, tous les vieillards ; mais qu'ils se souviennent qu'ils sont fils auparavant que d'être pères, et qu'il est impossible que je n'aie parlé fort à leur avantage, puisqu'ils n'ont pas été trouvés sous une pomme de chou.

Mais enfin, quoi qu'il puisse arriver, quand mes ennemis se mettraient en bataille contre mes amis, je n'aurai que du bon, car j'ai servi tous les hommes, et n'en ai desservi que la moitié. » À ces mots il se tut, et le fils de notre hôte prit ainsi la parole :

« Permettez-moi, lui dit-il, puisque je suis informé par votre soin de l'origine, de l'histoire, des coutumes et de la philosophie du monde de ce petit homme, que j'ajoute quelque chose à ce que vous avez dit, et que je prouve que les enfants ne sont point obligés à leurs pères de leur génération, parce que leurs pères étaient obligés en conscience de les engendrer.

La philosophie de leur monde la plus étroite confesse qu'il est plus à souhaiter de mourir, à cause que pour mourir il faut avoir vécu, que de n'être point. Or puisqu'en ne donnant pas l'être à ce rien, je le mets en un état pire que la mort, je suis plus coupable de ne le pas produire que de le tuer. Tu croirais, ô mon petit homme, avoir fait un parricide indigne de pardon, si tu avais égorgé ton fils ; il serait énorme à la vérité ; cependant il est bien plus exécrable de ne pas donner l'être à qui le peut recevoir ; car cet enfant, à qui tu ôtes la lumière a toujours eu la satisfaction d'en jouir quelque temps. Encore nous savons qu'il n'en est privé que pour peu de siècles ; mais ces quarante bons soldats à ton roi, tu les empêches malicieusement de venir au jour, et les laisses corrompre dans tes reins, au hasard d'une apoplexie qui t'étouffera.

Qu'on ne m'objecte point les beaux panégyriques de la virginité, cet honneur n'est qu'une fumée, car enfin tous ces respects dont le vulgaire l'idolâtre ne sont rien, même entre vous autres, que de conseil, mais de ne pas tuer, mais de ne pas faire son fils, en ne le faisant point, plus malheureux qu'un mort, c'est de commandement. Pourquoi je m'étonne fort, vu que la continence au monde d'où vous venez est tenue si préférable à la propagation charnelle, pourquoi Dieu ne vous a pas fait naître à la rosée du mois de mai comme les champignons, ou, tout au moins, comme les crocodiles du limon gras de la Terre échauffé par le soleil. Cependant il n'envoie point chez vous d'eunuques que par accident, il n'arrache point les génitoires à vos moines, à vos prêtres, ni à vos cardinaux. Vous me direz que la nature les leur a données ; oui, mais il est le maître de la nature ; et s'il avait reconnu que ce morceau fût nuisible à leur salut, il aurait commandé de le couper, aussi bien que le prépuce aux Juifs dans l'ancienne loi. Mais ce sont des visions trop ridicules. Par votre foi, y a-t-il quelque place sur votre corps plus sacrée ou plus maudite l'une que l'autre ? Pourquoi commettrai-je un péché quand je me touche par la pièce du milieu et non pas quand je touche ; mon oreille ou mon talon ? Est-ce à cause qu'il y a du chatouillement ? Je ne dois donc pas me purger au bassin, car cela ne se fait point sans quelque sorte de volupté ; ni les dévots ne doivent pas non plus s'élever à la contemplation de Dieu, car ils y goûtent un grand plaisir d'imagination. En vérité, je m'étonne, vu combien la religion de votre pays est contre nature et jalouse de tous les contentements des hommes, que vos prêtres n'ont fait un crime de se gratter, à cause de l'agréable douleur qu'on y sent ; avec tout cela, j'ai remarqué que la prévoyante nature a fait pencher tous les grands personnages, et vaillants et spirituels, aux délicatesses de l'Amour, témoin Samson, David, Hercule, César, Annibal, Charlemagne ; était-ce afin qu'ils se moissonnassent l'organe de ce plaisir d'un coup de serpe ? Hélas, elle alla jusque sous un cuvier à débaucher Diogène maigre, laid, et pouilleux, et le contraindre de composer, du vent dont il soufflait les carottes, des soupirs à Laïs.

Sans doute elle en usa de la sorte pour l'appréhension qu'elle eut que les honnêtes gens ne manquassent au monde. Concluons de là que votre père était obligé en conscience de vous lâcher à la lumière, et quand il penserait vous avoir beaucoup obligé de vous faire en se chatouillant, il ne vous a donné au fond que ce qu'un taureau banal donne aux veaux tous les jours dix fois pour se réjouir.

– Vous avez tort, interrompit alors mon démon, de vouloir régenter la sagesse de Dieu. Il est vrai qu'il nous a défendu l'excès de ce plaisir, mais que savez-vous s'il ne l'a point voulu ainsi afin que les difficultés que nous trouverions à combattre cette passion nous fissent mériter la gloire qu'il nous prépare ? Mais que savez-vous si ce n'a point été pour aiguiser l'appétit par la défense ? Mais que savez-vous s'il ne prévoyait point qu'abandonnant la jeunesse aux impétuosités de la chair, le coït trop fréquent énerverait leur semence et marquerait la fin du monde aux arrière-neveux du premier homme ? Mais que savez-vous s'il ne voulut point empêcher que la fertilité de la Terre ne manquât au besoin de tant d'affamés ? Enfin que savez-vous s'il ne l'a point voulu faire contre toute apparence de raison afin de récompenser justement ceux qui, contre toute apparence de raison, se seront fiés en sa parolc ?" Cette réponse ne satisfit pas, à ce que je crois, le petit hôte, car il en hocha deux ou trois fois la tête ; mais notre commun précepteur se tut parce que le repas était en impatience de s'envoler.

Nous nous étendîmes donc sur des matelas fort mollets, couverts de grands tapis où les fumées nous vinrent trouver comme autrefois dedans l'hôtellerie. Un jeune serviteur prit le plus vieux de nos deux philosophes pour le conduire dans une petite salle séparée et :

« Revenez nous trouver ici, lui cria mon précepteur, aussitôt que vous aurez mangé. » Il nous le promit.

Cette fantaisie de manger à part me donna la curiosité d'en demander la cause :

« Il ne goûte point, me dit-on, de l'odeur de viande, ni même de celle des herbes, si elles ne sont mortes d'elles-mêmes, à cause qu'il les pense capables de douleur.

– Je ne m'ébahis pas tant, répliquai-je, qu'il s'abstienne de la chair et de toutes choses qui ont eu vie sensitive ; car en notre monde les pythagoriciens, et même quelques saints anachorètes, ont usé de ce régime mais de n'oser par exemple couper un chou de peur de le blesser, cela me semble tout à fait risible.

– Et moi, répondit le démon, je trouve beaucoup d'apparance à son opinion, car, dites-moi, ce chou dont vous parlez n'est-il pas autant créature de Dieu que vous ? N'avez-vous pas également tous deux pour père et mère Dieu et la privation ? Dieu n'a-t-il pas eu, de toute éternité, son intellect occupé de sa naissance aussi bien que de la vôtre ?

Encore semble-t-il qu'il ait pourvu plus nécessairement à celle du végétant que du raisonnable, puisqu'il a remis la génération d'un homme aux caprices de son père, qui pouvait pour son plaisir l'engendrer ou ne l'engendrer pas : rigueur dont cependant il n'a pas voulu traiter avec le chou ; car, au lieu de remettre à la discrétion du père de germer le fils, comme s'il eût appréhendé davantage que la race des choux pérît que celle des hommes, il les contraint, bon gré mal gré, de se donner l'être les uns aux autres, et non pas ainsi que les hommes, qui tout au plus n'en sauraient engendrer en leur vie qu'une vingtaine, ils en produisent, eux, des quatre cent mille par tête. De dire pourtant que Dieu a plus aimé l'homme que le chou, c'est que nous nous chatouillons pour nous faire rire ; étant incapable de passion, il ne saurait ni haïr ni aimer personne ; et, s'il était susceptible d'amour, il aurait plutôt des tendresses pour ce chou que vous tenez, qui ne saurait l'offenser, que pour cet homme dont il a déjà devant les yeux les injures qu'il lui doit faire. Ajoutez à cela qu'il ne saurait naître sans crime, étant une partie du premier homme qui le rendit coupable ; mais nous savons fort bien que le premier chou n'offensa point son Créateur au Paradis terrestre.

Dira-t-on que nous sommes faits à l'image du Souverain Être, et non pas les choux ? Quand il serait vrai, nous avons, en souillant notre âme par où nous lui ressemblions, effacé cette ressemblance, puisqu'il n'y a rien de plus contraire à Dieu que le péché. Si donc notre âme n'est plus son portrait, nous ne lui ressemblons pas davantage par les mains, par les pieds, par la bouche, par le front et par les oreilles, que le chou par ses feuilles, par ses fleurs, par sa tige, par son trognon et par sa tête.

Ne croyez-vous pas en vérité, si cette pauvre plante pouvait parler quand on la coupe, qu'elle ne dît :

« Homme, mon cher frère, que t'ai-je fait qui mérite la mort ? Je ne croîs que dans tes jardins, et l'on ne me trouve jamais en lieu sauvage où je vivrais en sûreté ; je dédaigne d'être l'ouvrage d'autres mains que les tiennes, mais à peine en suis-je sorti que pour y retourner. Je me lève de Terre, je m'épanouis, je te tends les bras, je t'offre mes enfants en graine, et pour récompense de ma courtoisie, tu me fais trancher la tête !"

Voilà les discours que tiendrait ce chou s'il pouvait s'exprimer. Eh ! comme à cause qu'il ne saurait se plaindre, est-ce dire que nous pouvons justement lui faire tout le mal qu'il ne saurait empêcher ? Si je trouve un misérable lié, puis-je sans crime le tuer, à cause qu'il ne peut se défendre ? Au contraire, sa faiblesse aggraverait ma cruauté ; car combien que cette malheureuse créature soit pauvre et soit dénuée de tous nos avantages, elle ne mérite pas la mort pour cela. Quoi ! de tous les biens de l'être, elle n'a que celui de végéter, et nous le lui arrachons le péché de massacrer un homme n'est pas si grand, parce qu'un jour il revivra, que de couper un chou et lui ôter la vie, à lui qui n'en a point d'autre à espérer. Vous anéantissez l'âme d'un chou en le faisant mourir : mais, en tuant un homme, vous ne faites que changer son domicile ; et je dis bien plus : Puisque Dieu, le Père commun de toutes choses, chérit également ses ouvrages, n'est-il pas raisonnable qu'il ait partagé ses bienfaits également entre nous et les plantes. Il est vrai que nous naquîmes les premiers, mais dans la famille de Dieu, il n'y a point de droit d'aînesse : si donc les choux n'eurent point leur part avec nous du fief de l'immortalité, ils furent sans doute avantagés de quelque autre qui par sa grandeur récompense sa brièveté ; c'est peut-être un intellect universel, une connaissance parfaite de toutes les choses dans leurs causes, et c'est peut-être aussi pour cela que ce sage moteur ne leur a point taillé d'organes semblables aux nôtres, qui n'ont, pour tout effet, qu'un simple raisonnement faible et souvent trompeur, mais d'autres plus ingénieusement travaillés, plus forts et plus nombreux, qui leur servent à l'opération de leurs spéculatifs entretiens.

Vous me demanderez peut-être ce qu'ils nous ont jamais communiqué de ces grandes pensées ? Mais, dites-moi, que nous ont jamais enseigné les anges non plus qu'eux ? Comme il n'y a point de proportion, de rapport ni d'harmonie entre les facultés imbéciles de l'homme et celles de ces divines créatures, ces choux intellectuels auraient beau s'efforcer de nous faire comprendre la cause occulte de tous les évènements merveilleux, il nous manque des sens capables de recevoir ces hautes espèces. Moïse, le plus grand de tous les philosophes, puisqu'il puisait, à ce que vous dites, la connaissance de la nature dans la source de la nature même, signifiait cette vérité, lorsqu'il parla de l'Arbre de Science, il voulait nous enseigner sous cette énigme que les plantes possèdent privativement la philosophie parfaite. Souvenez-vous donc, ô de tous les animaux le plus superbe ! qu'encore qu'un chou que vous coupez ne dise mot, il n'en pense pas moins. Mais le pauvre végétant n'a pas des organes propres à hurler comme nous ; il n'en a pas pour frétiller ni pour pleurer ; il en a toutefois par lesquels il se plaint du tour que vous lui faites, par lesquels il attire sur vous la vengeance du Ciel.

Que si vous me demandez comment je sais que les choux ont ces belles pensées, je vous demande comment vous savez qu'ils ne les ont point, et que tel, par exemple, à votre imitation ne dise pas le soir en s'enfermant : "Je suis, monsieur le Chou Frisé, votre très humble serviteur, CHOU CABUS."

Il en était là de son discours, quand ce jeune garçon, qui avait emmené notre philosophie, le ramena.

« Eh ! quoi, déjà dîné ?" lui cria mon Démon.

Il répondit que oui, à l'issue près, d'autant que le physionome lui avait permis de tâter de la nôtre.

Le jeune hôte n'attendit pas que je lui demandasse l'explication de ce mystère :

« Je vois bien, dit-il, que cette façon de vivre vous étonne. Sachez donc, quoique en votre monde on gouverne la santé plus négligemment, que le régime de celui-ci n'est pas à mépriser.

Dans toutes les maisons, il y a un physionome, entretenu du public qui est à peu près ce qu'on appellerait chez vous un médecin, hormis qu'il ne gouverne que les sains, et qu'il ne juge des diverses façons dont il nous fait traiter que par la proportion, figure et symétrie de nos membres, par les linéaments du visage, le coloris de la chair, la délicatesse du cuir, l'agilité de la masse, le son de la voix, la teinture, la force et la dureté du poil.

N'avez-vous point tantôt pris garde à un homme de taille assez courte qui vous a si longtemps considéré ? c'était le physionome de céans. Assurez-vous que, selon qu'il aura reconnu votre complexion, il a diversifié l'exhalaison de votre dîner. Remarquez combien le matelas où l'on vous a fait coucher est éloigné de nos lits ; sans doute il vous a jugé d'un tempérament bien différent du nôtre, puisqu'il a craint que l'odeur qui s'évapore de ces petits robinets sur votre nez ne s'épandît jusqu'à nous, ou que la nôtre ne fumât jusqu'à vous. Vous le verrez ce soir qui choisira des fleurs pour votre lit avec les mêmes circonspections. » Pendant tout ce discours, je faisais signe à mon hôte qu'il tâchât d'obliger ces philosophes à tomber sur quelque chapitre de la science qu'ils professaient. Il m'était trop ami pour n'en faire naître aussitôt l'occasion. Je ne vous déduirai point ni les discours ni les prières qui firent l'ambassade de ce traité, aussi bien la nuance du ridicule au sérieux fut trop imperceptible pour pouvoir être imitée.

Tant y a que le dernier venu de ces docteurs, en suite d'autres choses, continua ainsi :

« Il me reste à prouver qu'il y a des mondes infinis dans un monde infini. Représentez-vous donc l'univers comme un grand animal, les étoiles qui sont des mondes comme d'autres animaux dedans lui qui servent réciproquement de mondes à d'autres peuples, tels qu'à nous, qu'aux chevaux et qu'aux éléphants et que nous, à notre tour, sommes aussi les mondes de certaines gens encore plus petits, comme des chancres, des poux, des vers, des cirons ; ceux-ci sont la Terre d'autres imperceptibles ; ainsi de même que nous paraissons un grand monde à ce petit peuple, peut-être que notre chair, notre sang et nos esprits ne sont autre chose qu'une tissure de petits animaux qui s'entretiennent, nous prêtent mouvement par le leur, et, se laissant aveuglément conduire à notre volonté qui leur sert de cocher, nous conduisent nous-mêmes, et produisent tout ensemble cette action que nous appelons la vie.

Car, dites-moi, je vous prie : est-il malaisé à croire qu'un pou prenne notre corps pour un monde, et que quand quelqu'un d'eux a voyagé depuis l'une de vos oreilles jusqu'à l'autre, ses compagnons disent de lui qu'il a voyagé aux deux bouts du monde, ou qu'il a couru de l'un à l'autre pôle ? Oui, sans doute, ce petit peuple prend votre poil pour les forêts de son pays, les pores pleins de pituite pour des fontaines, les bubes et les cirons pour des lacs et des étangs, les apostumes pour des mers, les fluxions pour des déluges ; et quand vous vous peignez en devant et en arrière, ils prennent cette agitation pour le flux et reflux de l'océan. La démangeaison ne prouve-t-elle pas mon dire ?

Ce ciron qui la produit, est-ce autre chose qu'un de ces petits animaux qui s'est dépris de la société civile pour s'établir tyran de son pays ? Si vous me demandez d'où vient qu'ils sont plus grands que ces autres petits imperceptibles, je vous demande pourquoi les éléphants sont plus grands que nous, et les Hibernois que les Espagnols ? Quant à cette ampoule et cette croûte dont vous ignorez la cause, il faut qu'elles arrivent, ou par la corruption des charognes de leurs ennemis que ces petits géants ont massacrés, ou que la peste produite par la nécessité des aliments dont les séditieux se sont gorgés ait laissé pourrir parmi la campagne des monceaux de cadavres ; ou que ce tyran, après avoir tout autour de soi chassé ses compagnons qui de leurs corps bouchaient les pores du nôtre, ait donné passage à la pituite, laquelle, étant extravasée hors la sphère de la circulation de notre sang, s'est corrompue. On me demandera peut-être pourquoi un ciron en produit cent autres? Ce n'est pas chose malaisée à concevoir ; car, de même qu'une révolte en éveille une autre, ainsi ces petits peuples, poussés du mauvais exemple de leurs compagnons séditieux, aspirent chacun en particulier au commandement, allumant partout la guerre, le massacre et la faim. Mais, me direz-vous, certaines personnes sont bien moins sujettes à la démangeaison que d'autres. Cependant chacun est rempli également de ces petits animaux, puisque ce sont eux, dites-vous, qui font la vie. Il est vrai ; aussi remarquons-nous que les flegmatiques sont moins en proie à la gratelle que les bilieux, à cause que le peuple sympathisant au climat qu'il habite est plus lent dans un corps froid qu'un autre échauffé par la température de sa région, qui pétille, se remue, et ne saurait demeurer en une place. Ainsi le bilieux est bien plus délicat que le flegmatique parce qu'étant animé en bien plus de parties, et l'âme n'étant que l'action de ces petites bêtes, il est capable de sentir en tous les endroits où ce bétail se remue, là où, le flegmatique n'étant pas assez chaud pour faire agir qu'en peu d'endroits.

Et pour prouver encore cette cironalité universelle, vous n'avez qu'à considérer quand vous êtes blessé comme le sang accourt à la plaie. Vos docteurs disent qu'il est guidé par la prévoyante nature qui veut secourir les parties débilitées : mais voilà de belles chimères : donc outre l'âme et l'esprit il y aurait encore en nous une troisième substance intellectuelle qui aurait ses fonctions et ses organes à part. Il est bien plus croyable que ces petits animaux, se sentant attaqués, envoient chez leurs voisins demander du secours, et qu'en étant arrivé de tous côtés, et le pays se trouvant incapable de tant de gens, ils meurent étouffés à la presse ou de faim.

Cette mortalité arrive quand l'apostume est mûre ; car pour témoignage qu'alors ces animaux de vie sont éteints, c'est que la chair pourrie devient insensible ; que si bien souvent la saignée qu'on ordonne pour divertir la fluxion profite, c'est à cause que, s'en étant perdu beaucoup par l'ouverture que ces petits animaux tâchaient de boucher, ils refusent d'assister leurs alliés, n'ayant que fort médiocrement la puissance de se défendre chacun chez soi. » Il acheva ainsi. Et quand le second philosophe s'aperçut que nos yeux assemblés sur les siens l'exhortaient de parler à son tour :

« Hommes, dit-il, vous voyant curieux d'apprendre à ce petit animal notre semblable quelque chose de la science que nous professons, je dicte maintenant un traité que je serais fort aise de lui produire à cause des lumières qu'il donne à l'intelligence de notre physique, c'est l'explication de l'origine éternelle du monde. Mais comme je suis empressé de faire travailler à mes soufflets, car demain sans remise la ville part, vous pardonnerez au temps, avec promesse toutefois qu'aussitôt qu'elle sera ramassée, je vous satisferai. » À ces mots, le fils de l'hôte appela son père, et, lorsqu'il fut arrivé, la compagnie lui demanda l'heure. Le bonhomme répondit : Huit heures. Son fils alors, tout en colère :

« Eh ! venez ça, coquin, lui dit-il. Ne vous avais-je pas commandé de nous avertir à sept ? Vous savez que les maisons s'en vont demain, que les murailles sont déjà parties, et la paresse vous cadenasse jusqu'à la bouche.

— Monsieur, répliqua le bonhomme, on a tantôt publié depuis que vous êtes à table une défense expresse de marcher avant après-demain.

— N'importe, repartit-il en lui lâchant une ruade, vous devez obéir aveuglément, ne point pénétrer dans mes ordres, et vous souvenir seulement de ce que je vous ai commandé. Vite, allez quérir votre effigie. » Lorsqu'il l'eut apportée, le jouvenceau la saisit par le bras, et la fouetta durant un gros quart d'heure.

« Or, sus ! vaurien, continua-t-il, en punition de votre désobéissance, je veux que vous serviez aujourd'hui de risée à tout le monde, et pour cet effet, je vous commande de ne marcher que sur deux pieds le reste de la journée. » Ce pauvre vieillard sortit fort éploré et son fils continua :

« Messieurs, je vous prie d'excuser les friponneries de cet emporté ; j'en espérais faire quelque chose de bon, mais il a abusé de mon amitié. Pour moi, je pense que ce coquin-là me fera mourir ; en vérité, il m'a déjà mis plus de dix fois sur le point de lui donner ma malédiction. » J'avais bien de la peine, quoique je me mordisse les lèvres, à m'empêcher de rire de ce monde renversé. Cela fut cause que, pour rompre cette burlesque pédagogie qui m'aurait à la fin sans doute fait éclater, je le suppliai de me dire ce qu'il entendait par ce voyage de la ville, dont tantôt il avait parlé, si les maisons et les murailles cheminaient. Il me répondit :

« Nos cités, ô mon cher compagnon, se divisent en mobiles et en sédentaires ; les mobiles, comme par exemple celle où nous sommes à présent sont construites ainsi :

L'architecte construit chaque palais, ainsi que vous voyez, d'un bois fort léger, y pratique dessous quatre roues ; dans l'épaisseur de l'un des murs, il place des soufflets gros et nombreux et dont les tuyaux passent d'une ligne horizontale à travers le dernier étage de l'un à l'autre pignon. De cette sorte, quand on veut traîner les villes autre part (car on les change d'air à toutes les saisons), chacun déplie sur l'un des côtés de son logis quantité de larges voiles au-devant des soufflets ; puis ayant bandé un ressort pour les faire jouer, leurs maisons en moins de huit jours, avec les bouffées continues que vomissent ces monstres à vent et qui s'engouffrent dans la toile, sont emportées, si l'on veut, à plus de cent lieues.

Voici l'architecture des secondes que nous appelons sédentaires : les logis sont presque semblables à vos tours, hormis qu'ils sont de bois, et qu'ils sont percés au centre d'une grosse et forte vis, qui règne de la cave jusqu'au toit, pour les pouvoir hausser ou baisser à discrétion. Or la Terre est creusée aussi profonde que l'édifice est élevé, et le tout est construit de cette sorte, afin qu'aussitôt que les gelées commencent à morfondre le ciel, ils descendent leurs maisons en les tournant au fond de cette fosse et que, par le moyen de certaines grandes peaux dont ils couvrent et cette tour et son creusé circuit, ils se tiennent à l'abri des intempéries de l'air. Mais aussitôt que les douces haleines du printemps viennent à le radoucir, ils remontent au jour par le moyen de cette grosse vis dont j'ai parlé. » Il voulait, je pense, arrêter là son poumon quand je pris ainsi la parole :

« Par ma foi, monsieur, je ne croirai jamais qu'un maçon si expert puisse être philosophe si je ne vous en ai vous-même pour témoin. C'est pourquoi, puisque l'on ne part pas encore aujourd'hui, vous aurez bien le loisir de nous expliquer cette origine éternelle du monde, dont tantôt vous nous faisiez fête. Je vous promets, en récompense sitôt que je serai de retour de la Lune, d'où mon gouverneur (je lui montrai mon démon) vous témoignera que je suis venu, d'y semer votre gloire, en y racontant les belles choses que vous m'aurez dites. Je vois bien que vous riez de cette promesse, parce que vous ne croyez pas que la Lune soit un monde, et encore moins que j'en sois un habitant mais je vous puis assurer aussi que les peuples de ce monde-là qui ne prennent celui-ci que pour titre Lune se moqueront de moi quand je leur dirai que leur lune est un monde, que les campagnes ici sont de terre et que vous êtes des gens. » Il ne me répondit que par un souris, puis il commença son discours de cette sorte :

« Puisque nous sommes contraints quand nous voulons remonter à l'origine de ce grand Tout, d'encourir trois ou quatre absurdités, il est bien raisonnable de prendre le chemin qui nous fait moins broncher : le premier obstacle qui nous arrête, c'est l'éternité du monde ; et l'esprit des hommes n'étant pas assez fort pour la concevoir, et ne pouvant non plus s'imaginer que ce grand univers si beau, si bien réglé, peut s'être fait de soi-même, ils ont eu recours à la Création. Mais, semblables à celui qui s'enfoncerait dans la rivière de peur d'être mouillé de la pluie, ils se sauvent des bras d'un nain à la miséricorde d'un géant. Encore ne s'en sauvent-ils pas, car cette éternité, qu'ils ôtent au monde pour ne l'avoir pu comprendre, ils la donnent à Dieu, comme s'il leur était plus aisé de l'imaginer dedans l'un que dedans l'autre. Cette absurdité donc, ou ce géant duquel j'ai parlé, est la Création, car, dites-moi, en vérité, a-t-on jamais conçu comment de rien il se peut faire quelque chose ? Hélas ! entre rien et un atome seulement, il y a des disproportions tellement infinies que la cervelle la plus aiguë n'y saurait pénétrer ; il faudra donc, pour échapper à ce labyrinthe inexplicable, que vous admettiez une matière éternelle avec Dieu, et alors il ne sera plus besoin d'admettre un Dieu, puisque le monde aura pu être sans lui. Mais, me direz-vous, quand je vous accorderais la matière éternelle, comment ce chaos s'est-il arrangé de soi-même ? Ha ! je vous le vais expliquer.

Il faut, à mon petit animal ! après avoir séparé mentalement chaque petit corps visible en une infinité de petits corps invisibles, s'imaginer que l'Univers infini n'est composé d'autre chose que de ces atomes infinis, très solides, très incorruptibles et très simples, dont les uns sont cubiques, d'autres parallélogrammes, d'autres angulaires, d'autres ronds, d'autres pointus, d'autres pyramidaux, d'autres hexagones, d'autres ovales, qui tous agissent diversement chacun selon sa figure. Et qu'ainsi ne soit, posez une boule d'ivoire fort ronde sur un lieu fort uni : la moindre impression que vous lui donnerez, elle sera demi-quart d'heure sans s'arrêter. J'ajoute que si elle était aussi parfaitement ronde comme le sont quelques-uns de ces atomes dont je parle, elle ne s'arrêterait jamais. Si donc l'art est capable d'incliner un corps au mouvement perpétuel, pourquoi ne croirons-nous pas que la nature le puisse faire ? Il en va de même des autres figures. L'une, comme la carrée, demande le repos perpétuel, d'autres un mouvement de côté, d'autres un demi-mouvement comme de trépidation ; et la ronde, dont l'être est de se remuer, venant à se joindre à la pyramidale, fait peut-être ce que nous appelons le feu, parce que non seulement le feu s'agite sans se reposer, mais perce et pénètre facilement.

Le feu a outre cela des effets différents selon l'ouverture et la quantité des angles, où la figure ronde se joint, comme par exemple le feu du poivre est autre chose que le feu du sucre, le feu du sucre que celui de la cannelle, celui de la cannelle que celui du clou de girofle, et celui-ci que le feu d'un fagot. Or, le feu, qui est le constructeur et destructeur des parties et du Tout de l'univers, a poussé et ramassé dans un chêne la quantité des figures nécessaires à composer ce chêne. Mais, me direz-vous, comment le hasard peut-il avoir assemblé en un lieu toutes les choses qui étaient nécessaires à produire ce chêne ? Je réponds que ce n'est pas merveille que la matière ainsi disposée n'eût pas formé un chêne, mais que la merveille eût été bien grande si, la matière ainsi disposée, le chêne n'eût pas été formé ; un peu moins de certaines figures, c'eût été un orme, un peuplier, un saule, un sureau, de la bruyère, de la mousse ; un peu plus de certaines autres figures, c'eût été la plante sensitive, une huître à l'écaille, un ver, une mouche, une grenouille, un moineau, un singe, un homme. Quand, ayant jeté trois dés sur une table, il arrive ou rafle de deux, ou bien trois, quatre et cinq, ou bien deux, six et un, direz-vous : « Ô le grand miracle ! À chaque dé il est arrivé même point, tant d'autres points pouvant arriver ! Ô le grand miracle ! il est arrivé en trois dés trois points qui se suivent. Ô le grand miracle ! il est arrivé justement deux six, et le dessous de l'autre six ! Je suis très assuré qu'étant homme d'esprit, vous ne ferez point ces exclamations ; car puisqu'il n'y a sur les dés qu'une certaine quantité de nombres, il est impossible qu'il n'en arrive quelqu'un.

Vous vous étonnez comme cette matière, brouillée pêle-mêle, au gré du hasard, peut avoir constitué un homme, vu qu'il y avait tant de choses nécessaires à la construction de son être, mais vous ne savez pas que cent millions de fois cette matière, s'acheminant au dessein d'un homme, s'est arrêtée à former tantôt une pierre, tantôt du plomb, tantôt du corail, tantôt une fleur, tantôt une comète, pour le trop ou trop peu de certaines figures qu'il fallait ou ne fallait pas à désigner un homme ? Si bien que ce n'est pas merveille qu'entre une infinie quantité de matière qui change et se remue incessamment, elle ait rencontré à faire le peu d'animaux, de végétaux, de minéraux que nous voyons ; non plus que ce n'est pas merveille qu'en cent coups de dés il arrive une rafle. Aussi bien est-il impossible que de ce remuement il ne se fasse quelque chose, et cette chose sera toujours admirée d'un étourdi qui ne saura pas combien peu s'en est fallu qu'elle n'ait pas été faite. Quand la grande rivière de fait moudre un moulin, conduit les ressorts d'une horloge, et que le petit ruisseau de ne fait que couler et se déborder quelquefois, vous ne direz pas que cette rivière ait bien de l'esprit, parce que vous savez qu'elle a rencontré les choses disposées à faire tous ces beaux chefs-d'œuvre ; car si un moulin ne se fût point trouvé dans son cours, elle n'aurait pas pulvérisé le froment ; si elle n'eût point rencontré d'horloge, elle n'eût point marqué les heures ; et si le petit ruisseau dont j'ai parlé avait eu les mêmes rencontres, il aurait fait les mêmes miracles. Il en va tout ainsi de ce feu qui se meut de soi-même ; car, ayant trouvé les organes propres à l'agitation nécessaire pour raisonner, il a raisonné ; quand il en a trouvé de propres à sentir seulement, il a senti ; quand il en a trouvé de propres à végéter, il a végété ; et qu'ainsi ne soit, qu'on crève les yeux de cet homme que ce feu ou cette âme fait voir, il cessera de voir, de même que notre grande rivière ne marquera plus les heures, si l'on abat l'horloge.

Enfin ces premiers et indivisibles atomes font un cercle sur qui roulent sans difficulté les difficultés les plus embarrassantes de la physique. Il n'est pas jusqu'à l'opération des sens, que personne encore n'a pu bien concevoir, que je n'explique fort aisément avec les petits corps. Commençons par la vue : elle mérite, comme la plus incompréhensible, notre premier début.

Elle se fait donc, à ce que je m'imagine, quand les tuniques de l'œil, dont les pertuis sont semblables à ceux du verre, mettant cette poussière de feu qu'on appelle rayons visuels et qu'elle est arrêtée par quelque matière opaque, qui la fait rejaillir chez soi ; car alors rencontrant en chemin l'image de l'objet qui l'a repoussée, et, cette image n'étant qu'un nombre infini de petits corps qui s'exhalent continuellement en égales superficies du sujet regardé, elle la pousse jusqu'à notre œil.

Vous ne manquerez pas de m'objecter que le verre est un corps opaque et fort serré, que cependant au lieu de rechasser ces autres petits corps, il s'en laisse percer. Mais je vous réponds que les pores de verre sont taillés de même figure que ces atomes de feu qui le traversent, et que, de même qu'un crible à froment n'est pas propre à cribler de l'avoine, ni un crible à avoine à cribler du froment, ainsi une boîte de sapin, quoique ténue, qui laisse échapper les sons, n'est pas pénétrable à la vue ; et une pièce de cristal, quoique transparente, qui se laisse percer à la vue, n'est pas pénétrable à l'ouïe. » Je ne pus m'empêcher de l'interrompre.

« Mais comment, lui dis-je, monsieur, par ces principes-là, expliquerez-vous la façon de nous peindre dans un miroir ?

– Il est fort aisé, me répliqua-t-il ; car figurez-vous que ces feux de notre œil ayant traversé la glace, et rencontrant derrière un corps non diaphane qui les rejette, ils repassent par où ils étaient venus ; et trouvant ces petits corps partis du nôtre cheminant en superficies égales étendues sur le miroir, ils les ramènent à nos yeux ; et notre imagination, plus chaude que les autres facultés de l'âme, en attire le plus subtil, dont elle fait chez elle un portrait en raccourci. L'opération de l'ouïe n'est pas plus malaisée à concevoir. Pour être un peu succinct, considérons-la seulement dans l'harmonie. Voilà donc un luth touché par les mains d'un maître de l'art.

Vous me demanderez comme se peut-il faire que j'aperçoive si loin de moi une chose que je ne vois point. De mes oreilles sort-il des éponges qui boivent cette musique pour me la rapporter ? ou ce joueur engendre-t-il dans ma tête un autre petit joueur avec un petit luth, qui ait ordre de me chanter les mêmes airs ? Non ; mais ce miracle procède de ce que, la corde tirée venant à frapper les petits corps dont l'air est composé, elle le chasse dans mon cerveau, le perçant doucement avec ces petits riens corporels ; et selon que la corde est bandée, le son est haut, à cause qu'elle pousse les atomes plus vigoureusement ; et l'organe ainsi pénétré, en fournit à la fantaisie assez de quoi faire son tableau ; si trop peu, il arrive que notre mémoire ; n'ayant pas encore achevé son image, nous sommes contraints de lui répéter le même son, afin que, des matériaux que lui fournissent, par exemple, les mesures d'une sarabande, elle en dérobe assez pour achever le portrait de cette sarabande.

Mais cette opération n'est presque rien ; le merveilleux, c'est lorsque, par son ministère, nous sommes émus tantôt à la joie, tantôt à la rage, tantôt à la pitié, tantôt à la rêverie, tantôt à la douleur.

Cela se fait, je m'imagine si le mouvement que ces petits corps reçoivent, rencontrent dedans nous d'autres petits corps remués de même sens ou que leur propre figure rend susceptibles du même ébranlement ; car alors les nouveaux venus excitent leurs hôtes à se remuer comme eux. Et, de cette façon, lorsqu'un air violent rencontre le feu de notre sang incliné au même branle, il anime ce feu à se pousser dehors et c'est ce que nous appelons " ardeur de courage ". Si le son est plus doux, et qu'il n'ait la force de soulever qu'une moindre flamme plus ébranlée, à cause que la matière est plus volatile en la promenant le long des nerfs, des membranes et des pertuis de notre chair, elle excite ce chatouillement qu'on appelle « joie ». Il en arrive ainsi de l'ébullition des autres passions, selon que ces petits corps sont jetés plus ou moins violemment sur nous, selon le mouvement qu'ils reçoivent par la rencontre d'autres branles, et selon ce qu'ils trouvent à remuer chez nous ; voici quant à l'ouïe.

La démonstration du toucher n'est pas maintenant plus difficile. De toute matière palpable, se faisant une émission perpétuelle de petits corps, à mesure que nous la touchons, s'en évaporant davantage, parce que nous les épreignons du sujet manié, comme l'eau d'une éponge quand nous la pressons, les durs viennent faire à l'organe rapport de leur solidité ; les souples de leur mollesse ; les raboteux de leur âpreté, les brûlants de leur ardeur, les gelés de leur glace. Et qu'ainsi ne soit, nous ne sommes plus si fins à discerner par l'attouchement avec des mains usées de travail, à cause de l'épaisseur du cal, et qui pour n'être ni poreux, ni animé, ne transmet pas que malaisément ces fumées de la matière. Quelqu'un désirera d'apprendre où l'organe de toucher tient son siège. Pour moi, je crois qu'il est répandu dans toutes les superficies de la masse, vu qu'il se fait par l'entremise des nerfs dont notre cuir n'est qu'une tissure imperceptible et continue. Je m'imagine toutefois que, plus nous tâtons par un membre proche de la tête, plus vite nous distinguons ; cela se peut expérimenter quand les yeux clos nous patinons quelque chose, car nous la devinons aussitôt ; et si, au contraire, nous tâtons du pied, nous travaillons beaucoup à la connaître.

Cela provient de ce que notre peau étant partout criblée de petits trous, nos nerfs, dont la matière n'est pas plus serrée, perdent en chemin beaucoup de ces petits atomes par les menus pertuis de leur contexture, auparavant d'être arrivés jusqu'au cerveau, où aboutit leur voyage.

Il me reste à prouver que l'odorat et le goût se fassent aussi par l'entremise des mêmes petits corps.

Dites-moi donc, lorsque je goûte un fruit, n'est-ce pas à cause de l'humidité de la bouche qui le fond ? Avouez-moi donc que, y ayant dans une poire d'autres sels, et la dissolution les partageant en petits corps, d'autre figure que ceux qui composent la saveur d'une prune, il faut qu'ils percent notre palais d'une manière bien différente ; tout ainsi que l'escarre enfoncée par le fer d'une pique qui me traverse n'est pas semblable à ce que me fait souffrir en sursaut la balle d'un pistolet, et de même que la balle d'un pistolet m'imprime une autre douleur que celle d'un carreau d'acier.

De l'odorat, je n'ai rien à dire, puisque vos philosophes mêmes confessent qu'il se fait par une émission continuelle de petits corps qui se déprennent de leur masse et qui frappent notre nez en passant.

Je m'en vais sur ce principe vous expliquer la création, l'harmonie et l'influence des globes célestes avec l'immuable variété des météores. » Il allait continuer ; mais le vieil hôte entra là-dessus, qui fit songer notre philosophe à la retraite.

Il apportait les cristaux pleins de vers luisants pour éclairer la salle ; mais comme ces petits feux insectes perdent beaucoup de leur éclat quand ils ne sont pas frais amassés, ceux-ci, vieux de dix jours, ne flambaient presque point.

Mon démon n'attendit pas que la compagnie en fût incommodée ; il monta à son cabinet, et en redescendit aussitôt avec deux boules de feu si brillantes que chacun s'étonna comme il ne se brûlait point les doigts.

« Ces flambeaux incombustibles, dit-il, nous serviront mieux que vos pelotons de vers. Ce sont des rayons de soleil que j'ai purgés de leur chaleur, autrement les qualités corrosives de son feu auraient blessé votre vue en l'éblouissant, j'en ai fixé la lumière, et l'ai renfermée dedans ces boules transparentes que je tiens. Cela ne vous doit pas fournir un grand sujet d'admiration, car il ne m'est non plus difficile à moi qui suis né dans le soleil de condenser des rayons qui sont la poussière ou des atomes qui sont la Terre pulvérisée de celui-ci. » Quand on eut achevé le panégyrique de cet enfant du soleil, le jeune hôte envoya son père reconduire les deux philosophes, parce qu'il était tard, avec une douzaine de globes à vers pendus à ses quatre pieds. Pour nous autres, à savoir : le jeune hôte, mon précepteur et moi, nous nous couchâmes par l'ordre du physionome.

Il me mit cette fois-là dans une chambre de violettes et de lys, m'envoya chatouiller à l'ordinaire pour m'endormir, et le lendemain sur les neuf heures, je vis entrer mon démon, qui me dit qu'il venait du palais où, l'une des damoiselles de la Reine l'avait mandé, qu'elle s'était enquise de moi, et témoigné qu'elle persistait toujours dans le dessein de me tenir parole, c'est-à-dire que de bon cœur elle me suivrait, si je la voulais mener avec moi dans l'autre monde.

« Ce qui m'a fort édifié, continua-t-il, c'est quand j'ai reconnu que le motif principal de son voyage ne bute qu'à se faire chrétienne. Aussi je lui ai promis d'aider son dessein de toutes mes forces, et d'inventer pour cet effet une machine capable de tenir trois ou quatre personnes dedans laquelle vous pourrez monter ensemble. Dès aujourd'hui, je vais m'appliquer sérieusement à l'exécution de cette entreprise : c'est pourquoi, afin de vous divertir pendant que je ne serai point avec vous, voici un livre que je vous laisse. Je l'apportai jadis de mon pays natal ; il est intitulé *Les États et Empires du soleil.* Je vous donne encore celui-ci que j'estime beaucoup davantage ; c'est *Le Grand Œuvre des philosophes,* qu'un des plus forts esprits du soleil a composé. Il prouve là-dedans que toutes choses sont vraies, et déclare la façon d'unir physiquement les vérités de chaque contradictoire, comme par exemple que le blanc est noir et que le noir est blanc ; qu'on petit être et n'être pas en même temps ; qu'il peut y avoir une montagne sans vallée ; que le néant est quelque chose, et que toutes les choses qui sont ne sont point. Mais remarquez qu'il prouve ces inouïs paradoxes, sans aucune raison captieuse, ni sophistique. Quand vous serez ennuyé de lire, vous pourrez vous promener, ou bien vous entretenir, avec notre jeune hôte votre compagnon : son esprit a beaucoup de charmes ; ce qui me déplaît en lui, c'est qu'il est impie, mais s'il lui arrive de vous scandaliser, ou de faire par les raisonnements chanceler votre foi, ne manquez pas aussitôt de venir me les proposer, je vous en résoudrai les difficultés. Un autre vous ordonnerait de rompre compagnie lorsqu'il voudrait philosopher sur ces matières : mais comme il est extrêmement vain, je suis assuré qu'il prendrait cette fuite pour une défaite, et se figurerait que votre créance serait contre la raison, si vous refusiez d'entendre les siennes. Songez à librement vivre. » Il me quitta en achevant ce mot, car c'est l'adieu dont, en ce pays-là, on prend congé de quelqu'un comme le " bonjour " ou le " Monsieur votre serviteur " s'exprime par ce compliment : « Aime-moi, sage, puisque je t'aime. » À peine fut-il hors de présence que je me mis à considérer attentivement mes livres. Les boîtes, c'est-à-dire leurs couvertures, me semblèrent admirables pour leur richesse ; l'une était taillée d'un seul diamant, plus brillant sans comparaison que les nôtres ; la seconde ne paraissait qu'une monstrueuse perle fendue en deux. Mon démon avait traduit ces livres en langage de ce monde-là ; mais parce que je n'ai point encore parlé de leur imprimerie, je m'en vais expliquer la façon de ces deux volumes.

À l'ouverture de la boîte, je trouvai dedans un je ne sais quoi de métal quasi tout semblable à nos horloges, plein d'un nombre infini de petits ressorts et de machines imperceptibles. C'est un livre à la vérité, mais c'est un livre miraculeux qui n'a ni feuillets ni caractères ; enfin c'est un livre où, pour apprendre, les yeux sont inutiles ; on n'a besoin que d'oreilles. Quand quelqu'un donc souhaite lire, il bande, avec une grande quantité de toutes sortes de clefs, cette machine, puis il tourne l'aiguille sur le chapitre qu'il désire écouter, et au même temps il sort de cette noix comme de la bouche d'un homme, ou d'un instrument de musique, tous les sons distincts et différents qui servent, entre les grands lunaires, à l'expression du langage. Lorsque j'eus réfléchi sur cette miraculeuse invention de faire des livres, je ne m'étonnai plus de voir que les jeunes hommes de ce pays-là possédaient davantage de connaissance à seize et à dix-huit ans que les barbes grises du nôtre ; car, sachant lire aussitôt que parler, ils ne sont jamais sans lecture ; dans la chambre, à la promenade, en ville, en voyage, à pied, à cheval, ils peuvent avoir dans la poche, ou pendus à l'arçon de leurs selles, une trentaine de ces livres dont ils n'ont qu'à bander un ressort pour en ouïr un chapitre seulement, ou bien plusieurs, s'ils sont en humeur d'écouter tout un livre : ainsi vous avez éternellement autour de vous tous les grands hommes et morts et vivants qui vous entretiennent de vive voix.

Ce présent m'occupa plus d'une heure, et enfin, me les étant attachés en forme de pendants d'oreille, je sortis en ville pour me promener. Je n'eus pas achevé d'arpenter la rue qui tombe vis-à-vis de notre maison que je rencontrai à l'autre bout une troupe assez nombreuse de personnes tristes.

Quatre d'entre eux portaient sur leurs épaules une espèce de cercueil enveloppé de noir. Je m'informai d'un regardant que voulait dire ce convoi semblable aux pompes funèbres de mon pays ; il me répondit que ce méchant et nommé du peuple par une chiquenaude sur le genou droit, qui avait été convaincu d'envie et d'ingratitude, était décédé d'hier, et que le Parlement l'avait condamné il y avait plus de vingt ans à mourir de mort naturelle et dans son lit, et puis d'être enterré après sa mort. Je me pris à rire de cette réponse ; et lui m'interrogeant pourquoi :

« Vous m'étonnez, lui répliquai-je, de dire que ce qui est une marque de bénédiction dans notre monde, comme une longue vie, une mort paisible, une sépulture pompeuse, serve en celui-ci de châtiment exemplaire.

– Quoi ! vous prenez la sépulture pour une marque de bénédiction ! me repartit cet homme.

Eh ! par votre foi, pouvez-vous concevoir quelque chose de plus épouvantable qu'un cadavre marchant sur les vers dont il regorge, à la merci des crapauds qui lui mâchent les joues ; enfin la peste revêtue du corps d'un homme ? Bon Dieu ! la seule imagination d'avoir, quoique mort, le visage embarrassé d'un drap, et sur la bouche une pique de Terre me donne de la peine à respirer ! Ce misérable que vous voyez porter, outre l'infamie d'être jeté dans une fosse, a été condamné d'être assisté dans son convoi de cent cinquante de ses amis, et commandement à eux, en punition d'avoir aimé un envieux et un ingrat, de paraître à ses funérailles avec le visage triste ; et sans que les juges en ont eu pitié, imputant en partie ses crimes à son peu d'esprit, ils leur auraient ordonné d'y pleurer. Hormis les criminels, tout le monde est brûlé : aussi est-ce une coutume très décente et très raisonnable, car nous croyons que le feu, ayant séparé le pur de l'impur et de sa chaleur rassemblé par sympathie, cette chaleur naturelle qui faisait l'âme, il lui donne la force de s'élever toujours, en montant jusqu'à quelque astre, la Terre de certains peuples plus immatériels que nous, plus intellectuels, parce que leur tempérament doit correspondre et participer à la pureté du globe qu'ils habitent, et que cette flamme radicale, s'étant encore rectifiée par la subtilité des éléments de ce monde-là, elle vient à composer un des bourgeois de ce pays enflammé.

Ce n'est pas pourtant encore notre façon d'inhumer la plus belle. Quand un de nos philosophes est venu en un âge où il sent ramollir son esprit, et la glace des ans engourdir les mouvements de son âme, il assemble ses amis par un banquet somptueux ; puis ayant exposé les motifs qui l'ont fait résoudre à prendre congé de la nature, le peu d'espérance qu'il a de pouvoir ajouter quelque chose à ses belles actions, on lui fait ou grâce, c'est-à-dire on lui ordonne la mort, ou un sévère commandement de vivre. Quand donc, à la pluralité de voix, on lui a mis son souffle entre ses mains, il avertit ses plus chers et du jour et du lieu : ceux-ci se purgent et s'abstiennent de manger pendant vingt-quatre heures ; puis arrivés qu'ils sont au logis du sage, après avoir sacrifié au soleil, ils entrent dans la chambre où le généreux les attend appuyé sur un lit de parade. Chacun vole à son rang aux embrassements et quand ce vient à celui qu'il aime le mieux, après d'avoir baisé tendrement, il l'appuie sur son estomac et joignant sa bouche à sa bouche, de la main droite, qu'il a libre, il se baigne un poignard dans le cœur. L'amant ne détache point ses lèvres de celles de son amant qu'il ne le sente expirer ; alors il retire le fer de son sein, et fermant de sa bouche la plaie, il avale son sang et suce toujours jusqu'à ce qu'il n'en puisse boire davantage. Aussitôt, un autre lui succède et l'on porte celui-ci au lit. Le second rassasié, on le mène coucher pour faire place au troisième. Enfin, toute la troupe repue, on introduit à chacun au bout de quatre ou cinq heures une fille de seize ou dix-sept ans et, pendant trois ou quatre jours qu'ils sont à goûter les délices de l'amour, ils ne sont nourris que de la chair du mort qu'on leur fait manger toute crue, afin que, si de ces embrassements il peut naître quelque chose, ils sont comme assurés que c'est leur ami qui revit. » Je ne donnai pas la patience à cet homme de discourir davantage, car je le plantai là pour continuer ma promenade.

Quoique je la fisse assez courte, le temps que j'employai aux particularités de ces spectacles et à visiter quelques endroits de la ville fut cause que j'arrivai plus de deux heures après le dîner préparé.

On me demanda pourquoi j'étais arrivé si tard.

« Ce n'a pas été ma faute, répondis-je au cuisinier qui s'en plaignait ; j'ai demandé plusieurs fois parmi les rues quelle heure il était, mais on ne m'a répondu qu'en ouvrant la bouche, serrant les dents, et tordant le visage de guingois !

– Quoi ! s'écria toute la compagnie, vous ne savez pas que par là ils vous montraient l'heure ?

– Par ma foi, repartis-je, ils avaient beau exposer au soleil leurs grands nez avant que je l'apprisse.

– C'est une commodité, me dirent-ils, qui leur sert à se passer d'horloge, car de leurs dents ils font un cadran si juste, qu'alors qu'ils veulent instruire quelqu'un de l'heure, ils desserrent les lèvres ; et l'ombre de ce nez qui vient tomber dessus marque comme sur un cadran celle dont le curieux est en peine. Maintenant, afin que vous sachiez pourquoi tout le monde en ce pays a le nez grand, apprenez qu'aussitôt qu'une femme est accouchée, la matrone porte l'enfant au prieur du séminaire ; et justement au bout de l'an les experts étant assemblés, si son nez est trouvé plus court qu'une certaine mesure que tient le syndic, il est censé camus, et mis entre les mains des prêtres qui le châtrent. Vous me demanderez possible la cause de cette barbarie, comment se peut-il faire que nous, chez qui la virginité est un crime, établissions des continents par force ? Sachez que nous le faisons après avoir observé depuis trente siècles qu'un grand nez est à la porte de chez nous une enseigne qui dit : Céans loge un homme spirituel, prudent, courtois, affable, généreux et libéral, et qu'un petit est le bouchon des vices opposés. C'est pourquoi des camus on bâtit les eunuques, parce que la République aime mieux n'avoir

65

63

point d'enfants d'eux, que d'en avoir de semblables à eux. » Il parlait encore, lorsque je vis entrer un homme tout nu. Je m'assis aussitôt, et me couvris pour lui faire honneur, car ce sont les marques du plus grand respect qu'on puisse en ce pays-là témoigner à quelqu'un.

« Le royaume, dit-il, souhaite que vous avertissiez les magistrats avant que de partir pour votre pays, à cause qu'un mathématicien vient tout à l'heure de promettre au Conseil que, pourvu qu'étant de retour en votre monde vous vouliez construire une certaine machine qu'il vous enseignera correspondante à une autre qu'il tiendra prête en celui-ci, il l'attirera à lui et le joindra à notre globe. » Sitôt qu'il fut sorti :

« Eh ! je vous prie, m'adressant au jeune hôte, apprenez-moi que veut dire ce bronze figuré en parties honteuses qui pendent à la ceinture de cet homme. »

J'en avais bien vu quantité à la cour du temps que je vivais en cage, mais parce que j'étais quasi toujours environné des filles de la Reine, j'appréhendais de violer le respect qui se doit à leur sexe et à leur condition, si j'eusse en leur présence attiré l'entretien d'une matière si grasse.

« Les femelles ici, non plus que les mâles, ne sont pas assez ingrates pour rougir à la vue de celui qui les a forgées ; et les vierges n'ont pas honte d'aimer sur nous, en mémoire de leur mère nature, la seule chose qui porte son nom.

Sachez donc que l'écharpe dont cet homme est honoré, où pend pour médaille la figure d'un membre viril, est le symbole du gentilhomme, et la marque qui distingue le noble d'avec le roturier. »

J'avoue que ce paradoxe me sembla si extravagant que je ne pus m'empêcher d'en rire.

« Cette coutume me semble bien extraordinaire, dis-je à mon petit hôte, car en notre monde la marque de noblesse est de porter l'épée. » Mais lui, sans s'émouvoir :

« Ô mon petit homme ! s'écria-t-il, que les grands de votre monde sont enragés de faire parade d'un instrument qui désigne un bourreau, qui n'est forgé que pour nous détruire, enfin l'ennemi juré de tout ce qui vit ; et de cacher, au contraire, un membre sans qui nous serions au rang de ce qui n'est pas, le Prométhée de chaque animal, et le réparateur infatigable des faiblesses de la nature !

Malheureuse contrée, où les marques de génération sont ignominieuses, et où celles d'anéantissement sont honorables. Cependant, vous appelez ce membre-là les parties honteuses, comme s'il y avait quelque chose de plus glorieux que de donner la vie, et rien de plus infâme que de l'ôter !" Pendant tout ce discours, nous ne laissions pas de dîner ; et sitôt que nous fûmes levés de dessus nos lits, nous allâmes au jardin prendre l'air.

Les occurrences et la beauté du lieu nous entretinrent quelque temps ; mais comme la plus noble envie dont je fusse alors chatouillé, c'était de convertir à notre religion une âme si fort élevée au-dessus du vulgaire, je l'exhortai mille fois de ne pas embourber de matière ce beau génie dont le ciel l'avait pourvu, qu'il tirât de la presse des animaux cet esprit capable de la vision de Dieu ; enfin qu'il avisât sérieusement à voir unir quelque jour son immortalité au plaisir plutôt qu'à la peine.

« Quoi ! me répliqua-t-il en s'éclatant de rire, vous estimez votre âme immortelle privativement à celle des bêtes ? Sans mentir, mon grand ami, votre orgueil est bien insolent. ! Et d'où argumentez-vous, je vous prie, cette immortalité au préjudice de celle des bêtes ! Serait-ce à cause que nous sommes doués de raisonnement et non pas elles ? En premier lieu, je vous le nie, et je vous prouverai quand il vous plaira, qu'elles raisonnent comme nous.

Mais, encore qu'il fût vrai que la raison nous eût été distribuée en apanage et qu'elle fût un privilège réservé seulement à notre espèce, est-ce à dire pour cela qu'il faille que Dieu enrichisse l'homme de l'immortalité, parce qu'il lui a déjà prodigué la raison ? Je dois donc, à ce compte-là, donner aujourd'hui à ce pauvre une pistole parce que je lui donnai hier un écu ? Vous voyez bien vous-même la fausseté de cette conséquence, et qu'au contraire, si je suis juste plutôt que de donner une pistole à celui-ci, je dois donner un écu à l'autre, puisqu'il n'a rien touché de moi. Il faut conclure de là, ô mon cher compagnon, que Dieu, plus juste encore mille fois que nous, n'aura pas tout versé aux uns pour ne rien laisser aux autres. D'alléguer l'exemple des aînés de votre monde, qui emportent dans leur partage quasi tous les biens de la maison, c'est une faiblesse des pères qui, voulant perpétuer leur nom, ont appréhendé qu'il ne se perdît ou ne s'égarât dans la pauvreté. Mais Dieu, qui n'est point capable d'erreur, n'a eu gardé d'en commettre une si grande, et puis, n'y ayant dans l'éternité de Dieu ni avant ni après, les cadets chez lui ne sont pas plus jeunes que les aînés. » Je ne le cèle point que ce raisonnement m'ébranla.

« Vous me permettrez, lui dis-je, de briser sur cette matière, parce que je ne me sens pas assez fort pour vous répondre ! je m'en vais quérir la solution de cette difficulté chez notre commun précepteur. » Je montai aussitôt, sans attendre qu'il me répliquât, en la chambre de cet habile démon, et, tous préambules à part, je lui proposai ce qu'on venait de m'objecter touchant l'immortalité de nos âmes, et voici ce qu'il me répondit :

« Mon fils, ce jeune étourdi passionnait de vous persuader qu'il n'est pas vraisemblable que l'âme de l'homme soit immortelle parce que Dieu serait injuste, Lui qui se dit Père commun de tous les êtres, d'en avoir avantagé une espèce et d'avoir abandonné généralement toutes les autres au néant ou à l'infortune, ces raisons, à la vérité, brillent un peu de loin. Et quoi que je pusse lui demander comme il sait que ce qui est juste à nous soit aussi juste à Dieu, comme il sait que Dieu se mesure à notre aune, comme il sait que nos lois et nos coutumes, qui n'ont été instituées que pour remédier à nos coutumes, qui n'ont été instituées que pour remédier à nos désordres, servent aussi pour tailler les morceaux de la toute-puissance de Dieu, je passerai toutes ces choses, avec tout ce qu'ont si divinement répondu sur cette matière les Pères de votre Église, et je vous découvrirai un mystère qui n'a point encore été révélé :

Vous savez, ô mon fils, que de la Terre il se fait un arbre, d'un arbre un pourceau, d'un pourceau un homme. Ne pouvons-vous donc pas croire, puisque tous les êtres en la nature tendent au plus parfait, qu'ils aspirent à devenir hommes, cette essence étant l'achèvement du plus beau mixte, et le mieux imaginé qui soit au monde, étant le seul qui fasse le lien de la vie brutale avec l'angélique.

Que ces métamorphoses arrivent, il faut être pédant pour le nier. Ne voyons-nous pas qu'un pommier, par la chaleur de son germe, comme par une bouche, suce et digère le gazon qui l'environne ; qu'un pourceau dévore ce fruit et le fait devenir une partie de soi-même ; et qu'un homme, mangeant le pourceau, réchauffe cette chair morte, la joint à soi, et fait enfin revivre cet animal sous une plus noble espèce ? Ainsi ce grand pontife que vous voyez la mitre sur la tête était il n'y a que soixante ans une touffe d'herbe en mon jardin. Dieu donc, étant le Père commun de toutes ses créatures, quand il les aimerait toutes également, n'est-il pas bien croyable qu'après que, par cette métempsycose plus raisonnée que la pythagorique, tout ce qui sent, tout ce qui végète enfin, après que toute la matière aura passé par l'homme, alors ce grand jour du Jugement arrivera où font aboutir les prophètes les secrets de leur philosophie. » Je redescendis très satisfait au jardin et je commençais à réciter à mon compagnon ce que notre maître m'avait appris, quand le physionome arriva pour nous conduire à la réfection et au dortoir. J'en tairai les particularités parce que je fus nourri et couché comme le jour précédent.

Le lendemain, dès que je fus éveillé, je m'en allai faire lever mon antagoniste.

« C'est un aussi grand miracle, lui dis-je en l'abordant, de trouver un fort esprit comme le vôtre enseveli de sommeil que de voir du feu sans action. »


Il sourit de ce mauvais compliment.

« Mais, s'écria-t-il avec une colère passionnée d'amour, ne déférez-vous jamais votre bouche aussi bien que votre raison de ces termes fabuleux de miracles ? Sachez que ces noms-là diffament le nom de philosophe. Comme le sage ne voit rien au monde qu'il ne conçoive ou qu'il ne juge pouvoir être conçu, il doit abominer toutes ces expressions de miracles, de prodiges, d'évènements contre nature qu'ont inventés les stupides pour excuser les faiblesses de leur entendement. »

Je crus alors être obligé en conscience de prendre la parole pour le détromper.

« Encore, lui répliquai-je, que vous ne croyez pas aux miracles, il ne laisse pas de s'en faire, et beaucoup. J'en ai vu de mes yeux. J'ai connu plus de vingt malades guéris miraculeusement.

– Vous le dites, interrompit-il, que ces gens-là ont été guéris par miracle, mais vous ne savez pas que la force de l'imagination est capable de combattre toutes les maladies à cause d'un certain baume naturel répandu dans nos corps contenant toutes les qualités contraires à toutes celles de chaque mal qui nous attaque : et notre imagination, avertie par la douleur, va choisir en son lieu le remède spécifique qu'elle oppose au venin et nous guérit. C'est là d'où vient que le plus habile médecin de notre monde conseille au malade de prendre plutôt un médecin ignorant qu'il estimera fort habile qu'un fort habile qu'il estimera ignorant, parce qu'il se figure que notre imagination travaille à notre santé ; pour peu qu'elle fût aidée des remèdes, elle était capable de nous guérir ; mais que les plus puissants étaient trop faibles, quand l'imagination ne les appliquait pas ! Vous étonnez-vous que les premiers hommes de votre monde vivaient tant de siècles sans avoir aucune connaissance de la médecine ? Leur nature était forte, ce baume universel n'était pas dissipé par les drogues dont vos médecins vous consomment. Ils n'avaient pour rentrer en convalescence qu'à souhaiter fortement et s'imaginer d'être guéris. Aussitôt leur fantaisie, nette, vigoureuse et bandée, s'allait plonger dans cette huile vitale, appliquait l'actif au passif, et presque en un clin d'œil les voilà sains comme auparavant. Il ne laisse pas toutefois de se faire encore aujourd'hui des cures étonnantes, mais le populaire les attribue à miracle.

Pour moi, je n'en crois point du tout, et ma raison est qu'il est plus facile que tous ces diseurs-là se trompent que cela n'est facile à faire ; car je leur demande : ce fiévreux qui vient de guérir a souhaité bien fort, comme il est vraisemblable, pendant sa maladie, de se revoir en santé ; il a fait des vœux.

Or, il fallait nécessairement, étant malade, qu'il mourût, qu'il demeurât en son mal, ou qu'il guérît ; s'il fût mort, on eût dit : Dieu l'a voulu récompenser de ses peines ; on le fera peut-être malicieusement équivoquer, disant que, selon les prières du malade, il l'a guéri de tous ses maux ; s'il fût demeuré dans son infirmité, on aurait dit qu'il n'avait pas la foi ; mais, parce qu'il est guéri, c'est un miracle tout visible. N'est-il pas bien plus vraisemblable que sa fantaisie excitée par les violents désirs de sa santé a fait cette opération ? Car je veux qu'il soit réchappé beaucoup de ces messieurs qui s'étaient voués, combien davantage en voyons-nous qui sont péris misérablement avec leurs vœux ?

— Mais à tout le moins, lui repartis-je, si ce que vous dites de ce baume est véritable, c'est une marque de la raisonnabilité de notre âme, puisque sans se servir des instruments de notre raison, ni s'appuyer du concours de notre volonté, elle sait d'elle-même, comme si elle était hors de nous, appliquer l'actif au passif. Or, si, étant séparée de nous, elle est raisonnable, il faut nécessairement qu'elle soit spirituelle ; et si vous la confessez spirituelle, je conclus qu'elle est immortelle, puisque la mort n'arrive aux animaux que par le changement des formes dont la matière seule est capable. » Ce jeune homme alors s'étant mis à son séant sur le lit, et m'ayant fait asseoir de même, discourut à peu près de cette sorte :

« Pour l'âme des bêtes qui est corporelle, je ne m'étonne pas qu'elle meure, vu qu'elle n'est possible qu'une harmonie des quatre qualités, une force de sang, une proportion d'organes bien concertés ; mais je m'étonne bien fort que la nôtre, incorporelle, intellectuelle et immortelle, soit contrainte de sortir de chez nous pour les mêmes causes qui font périr celle d'un bœuf. A-t-elle fait pacte avec notre corps que, quand il aurait un coup d'épée dans le cœur, une balle de plomb dans la cervelle, une mousquetade à travers le corps, d'abandonner aussitôt sa maison trouée ? Encore manquerait-elle souvent à son contrat, car quelques-uns meurent d'une blessure dont les autres réchappent ; il faudrait que chaque âme eût fait un marché particulier avec son corps. Sans mentir, elle qui a tant d'esprit, à ce qu'on nous a fait accroire, est bien enragée de sortir d'un logis quand elle voit qu'au partir de là on lui va marquer son appartement en enfer. Et si cette âme était spirituelle, et par soi-même raisonnable, comme ils disent, qu'elle fût aussi capable d'intelligence quand elle est séparée de notre masse, qu'alors qu'elle en est revêtue, pourquoi les aveugles-nés, avec tous les beaux avantages de cette âme intellectuelle, ne sauraient-ils même s'imaginer ce que c'est que de voir. Pourquoi les sourds n'entendent-ils points ? Est-ce à cause qu'ils ne sont pas encore privés par le trépas de tous les sens ? Quoi ! je ne pourrai donc me servir de ma main droite, parce que j'en ai aussi une gauche ? Ils allèguent, pour prouver qu'elle ne saurait agir sans les sens, encore qu'elle soit spirituelle, l'exemple d'un peintre qui ne saurait faire un tableau s'il n'a des pinceaux.

Oui, mais ce n'est pas à dire que le peintre qui ne peut travailler sans pinceau, quand, avec ses pinceaux, il aura perdu ses couleurs, ses crayons, ses toiles et ses coquilles ; qu'alors il le pourra mieux faire. Bien au contraire ! Plus d'obstacles s'opposeront à son labeur, plus il lui sera impossible de peindre. Cependant ils veulent que cette âme, qui ne peut agir qu'imparfaitement, à cause de la perte d'un de ses outils dans le cours de la vie, puisse alors travailler avec perfection, quand après notre mort elle les aura tous perdus. S'ils nous viennent rechanter qu'elle n'a pas besoin de ces instruments pour faire les fonctions, je leur rechanterai qu'il faut fouetter les Quinze-Vingts, qui font semblant de ne voir goutte.

– Mais, lui dis-je, si notre âme mourait, comme je vois bien que vous voulez conclure, la résurrection que nous attendons ne serait donc qu'une chimère, car il faudrait que Dieu les recréât, et cela ne serait pas résurrection. » Il m'interrompit par un hochement de tête :

« Eh, par votre foi ! s'écria-t-il, qui vous a bercé de ce Peau-d'Âne ? Quoi ! vous ? Quoi ! moi ? Quoi ! ma servante ressusciter ?

– Ce n'est point, lui répondis-je, un conte fait à plaisir ! c'est une vérité indubitable que je vous prouverai.

– Et moi, dit-il, je vous prouverai le contraire :

Pour commencer donc, je suppose que vous mangiez un mahométan ; vous le convertissez, par conséquent, en votre substance ! N'est-il pas vrai, ce mahométan, digéré, se change partie en chair, partie en sang, partie en sperme ? Vous embrasserez votre femme et de la semence, tirée tout entière du cadavre mahométan, vous jetez en moule un beau petit chrétien. Je demande : le mahométan aura-t-il son corps ? Si la Terre lui rend, le petit chrétien n'aura pas le sien, puisqu'il n'est tout entier qu'une partie de celui du mahométan. Si vous me dites que le petit chrétien aura le sien, Dieu dérobera donc au mahométan ce que le petit chrétien n'a reçu que de celui du mahométan.

Ainsi il faut absolument que l'un ou l'autre manque de corps ! Vous me répondrez peut-être que Dieu reproduira de la matière pour suppléer à celui qui n'en aura pas assez ? Oui, mais une autre difficulté nous arrête, c'est que le mahométan damné ressuscitant, et Dieu lui fournissant un corps tout neuf à cause du sien que le chrétien lui a volé, comme le corps tout seul, comme l'âme toute seule, ne fait pas l'homme, mais l'un et l'autre joints en un seul sujet, et comme le corps et l'âme sont parties aussi intégrantes de l'homme l'une que l'autre, si Dieu pétrit à ce mahométan un autre corps que le sien, ce n'est plus le même individu. Ainsi Dieu damne un autre homme que celui qui a mérité l'enfer ; ainsi ce corps a paillardé, ce corps a criminellement abusé de tous ses sens, et Dieu, pour châtier ce corps, en jette un autre au feu, lequel est vierge, lequel est pur, et qui n'a jamais prêté ses organes à l'opération du moindre crime. Et ce qui serait encore bien ridicule, c'est que ce corps aurait mérité l'enfer et le paradis tout ensemble, car, en tant que mahométan, il doit être damné ; en tant que chrétien, il doit être sauvé ; de sorte que Dieu ne le saurait mettre en Paradis qu'il ne soit injuste, récompensant de la gloire la damnation qu'il avait méritée comme mahométan et ne le peut jeter en enfer qu'il ne soit injuste aussi, récompensant de la mort éternelle la béatitude qu'il avait méritée comme chrétien. Il faut donc, s'il veut être équitable, qu'il damne et sauve éternellement cet homme-là. » Alors je pris la parole :

« Eh ! je n'ai rien à répondre, lui repartis-je, à vos arguments sophistiques contre la résurrection, tant y a que Dieu l'a dit, Dieu qui ne peut mentir.

– N'allez pas si vite, me répliqua-t-il, vous en êtes déjà à " Dieu l'a dit " ; il faut prouver auparavant qu'il y ait un Dieu, car pour moi je vous le nie tout à plat.

– Je ne m'amuserai point, lui dis-je, à vous réciter les démonstrations évidentes dont les philosophes se sont servis pour l'établir : il faudrait redire tout ce qu'ont jamais écrit les hommes raisonnables. Je vous demande seulement quel inconvénient vous encourez de le croire ; je suis bien assuré que vous ne m'en sauriez prétexter aucun.

Puisque donc il est impossible d'en tirer que de l'utilité, que ne vous le persuadez-vous ? Car s'il y a un Dieu, outre qu'en ne le croyant pas, vous vous serez mécompté, vous aurez désobéi au précepte qui commande d'en croire ; et s'il n'y en a point, vous n'en serez pas mieux que nous !

– Si fait, me répondit-il, j'en serai mieux que vous, car s'il n'y en a point, vous et moi serons à deux de jeu ; mais, au contraire, s'il y en a, je n'aurai pas pu avoir offensé une chose que je croyais n'être point, puisque, pour pécher, il faut ou le savoir ou le vouloir. Ne voyez-vous pas qu'un homme même tant soit peu sage, ne se piquerait pas qu'un crocheteur l'eût injurié, si le crocheteur avait pensé ne pas le faire, s'il l'avait pris pour un autre ou si c'était le vin qui l'eût fait parler ? À plus forte raison Dieu, tout inébranlable, s'emportera-t-il contre nous pour ne l'avoir pas connu, puisque c'est Lui-même qui nous a refusé les moyens de le connaître ? Mais, par votre foi, mon petit animal, si la créance de Dieu nous était si nécessaire, enfin si elle nous importait de l'éternité, Dieu lui-même ne nous aurait-il pas infus à tous des lumières aussi claires que le soleil qui ne se cache à personne ? Car de feindre qu'il ait voulu [jouer] entre les hommes à cligne-musette, faire comme les enfants : " Toutou, le voilà ", c'est-à-dire : tantôt se masquer, tantôt se démasquer, se déguiser à quelques-uns pour se manifester aux autres, c'est se forger un Dieu ou sot ou malicieux, vu que si ç'a été par la force de mon génie que je l'ai connu, c'est lui qui mérite et non pas moi, d'autant qu'il pouvait me donner une âme ou des organes imbéciles qui me l'auraient fait méconnaître. Et si, au contraire, il m'eût donné un esprit incapable de le comprendre, ce n'aurait pas été ma faute, mais la sienne, puisqu'il pouvait m'en donner un si vif que je l'eusse compris. »

Ces opinions diaboliques et ridicules me firent naître un frémissement par tout le corps ; je commençai alors de contempler cet homme avec un peu plus d'attention et je fus bien ébahi de remarquer sur son visage je ne sais quoi d'effroyable, que je n'avais point encore aperçu : ses yeux étaient petits et enfoncés, le teint basané, la bouche grande, le menton velu, les ongles noirs. Ô Dieu, songeai-je aussitôt, ce misérable est réprouvé dès cette vie et possible même que c'est l'Antéchrist dont il se parle tant dans notre monde.

Je ne voulus pas pourtant lui découvrir ma pensée, à cause de l'estime que je faisais de son esprit et véritablement les favorables aspects dont Nature avait regardé son berceau m'avaient fait concevoir quelque amitié pour lui. Je ne pus toutefois si bien me contenir que je n'éclatasse avec des imprécations qui le menaçaient d'une mauvaise fin. Mais lui, renviant sur ma colère : " Oui, s'écria-t-il, par la mort… " Je ne sais pas ce qu'il préméditait de dire, car sur cette entrefaite, on frappa à la porte de notre chambre et je vois entrer un grand homme noir tout velu. Il s'approcha de nous et saisissant le blasphémateur à foie de corps, il l'enleva par la cheminée.

La pitié que j'eus du sort de ce malheureux m'obligea de l'embrasser pour l'arracher des griffes de l'Éthiopien, mais il fut si robuste qu'il nous enleva tous deux, de sorte qu'en un moment nous voilà dans la nue. Ce n'était plus l'amour du prochain qui m'obligeait à le serrer étroitement, mais l'appréhension de tomber. Après avoir été je ne sais combien de jours à percer le ciel, sans savoir ce que je demanderais, je reconnus que j'approchais de notre monde. Déjà je distinguais l'Asie de l'Europe et l'Europe de l'Afrique. Déjà même mes yeux, par mon abaissement, ne pouvaient se courber au-delà de l'Italie, quand le cœur me dit que ce diable, sans doute, emportait mon hôte aux Enfers, en corps et en âme, et que c'était pour cela qu'il le passait par notre Terre à cause que l'Enfer est dans son centre. J'oubliai toutefois cette réflexion et tout ce qui m'était arrivé depuis que le diable était notre voiture à la frayeur que me donna la vue d'une montagne toute en feu que je touchais quasi. L'objet de ce brûlant spectacle me fit crier : « Jésus Maria ».

J'avais encore à peine achevé la dernière lettre que je me trouvai étendu sur des bruyères au coupeau d'une petite colline et deux ou trois pasteurs autour de moi qui récitaient les litanies et me parlaient italien. « Ô ! m'écriai-je alors, Dieu soit loué ! J'ai donc enfin trouvé des chrétiens au monde de la Lune. Eh ! dites-moi mes amis, en quelle province de votre monde suis-je maintenant ?" « En Italie », me répondirent-ils.

« Comment ! interrompis-je. Y a-t-il une Italie aussi au monde de la Lune ?" J'avais encore si peu réfléchi sur cet accident que je ne m'étais pas encore aperçu qu'ils me parlaient italien et que je leur répondais de même.

Quand donc je fus tout à fait désabusé et que rien ne m'empêcha plus de connaître que j'étais de retour en ce monde, je me laissai conduire où ces paysans voulurent me mener. Mais je n'étais pas encore arrivé aux ports de… que tous les chiens de la ville se vinrent précipiter sur moi, et sans que la peur me jetât dans une maison où je mis barre entre nous, j'étais infailliblement englouti.

Un quart d'heure après, comme je me reposai dans ce logis, voici qu'on entend à l'entour un sabbat de tous les chiens, je crois, du royaume ; on y voyait depuis le dogue jusqu'au bichon, hurlant de plus épouvantable furie que s'ils eussent fait l'anniversaire de leur premier Adam.

Cette aventure ne causa pas peu d'admiration à toutes les personnes qui la virent ; mais aussitôt que j'eus éveillé mes rêveries sur cette circonstance, je m'imaginai tout à l'heure que ces animaux étaient acharnés contre moi à cause du monde d'où je venais ; « car, disais-je en moi-même, comme ils ont accoutumé d'aboyer à la Lune, pour la douleur qu'elle leur fait de si loin, sans doute ils se sont voulu jeter dessus moi parce que je sens la Lune dont l'odeur les fâche. »

Pour me purger de ce mauvais air, je m'exposai tout nu au soleil dessus une terrasse. Je m'y hâlai quatre ou cinq heures durant, au bout desquelles je descendis, et les chiens, ne sentant plus l'influence qui m'avait fait leur ennemi, s'en retournèrent chacun chez soi.

Je m'enquis au port quand un vaisseau partirait pour la France et, lorsque je fus embarqué, je n'eus l'esprit tendu qu'à ruminer aux merveilles de mon voyage. J'admirai mille fois la providence de Dieu, qui avait reculé ces hommes, naturellement impies, en un lieu où ils ne pussent corrompre ses bien-aimés et les avait punis de leur orgueil en les abandonnant à leur propre suffisance. Aussi je ne doute point qu'il n'ait différé jusqu'ici d'envoyer leur prêcher l'Évangile parce qu'il savait qu'ils en abuseraient et que cette résistance ne servirait qu'à leur faire mériter une plus rude punition en l'autre monde.